KB147325

아프리카의 눈물

AFRICA REPORT : KOWARERU KUNI, IKIRU HITOBITO
by Jinichi Matsumoto
ⓒ 2008 by Jinichi Matsumoto
First published 2008 by Iwanami Shoten, Publishers, Tokyo.
This Korean edition published 2010
by Pyongdan Munhwasa, Seoul
by arrangement with the proprietor c/o Iwanami Shoten, Publishers, Tokyo
through Iyagi Agency, Seoul.

아사히신문사 40년 베테랑 기자의 아프리카 희망 보고서

아프리카의 눈물

마쓰모토 진이치 지음 김숙이 옮김

평 단

* 일러두기

1. 이 책은 마쓰모토 진이치松本仁一의 《アフリカ·レポート：壊れる国, 生きる人々》(岩波新書, 2008년)를 옮긴 것이다.

2. 외래어 표기는 국립국어원 외래어표기법에 따랐다.

3. 화폐 단위는 '원'으로 통일하지 않고, '엔円, 위안元, 달러, Z달러' 등을 사용했다.

4. 단행본은 《 》, 신문·논문·영화 등은 〈 〉로 표기했다.

희망이란 본래 있다고도 할 수 없고,

없다고도 할 수 없다.

그것은 땅 위의 길과 같다.

본래 땅 위에는 길이 없었다.

걸어가는 사람이 많아지면

그것이 곧 길이 되는 것이다.

−루쉰魯迅(1881~1936)

아프리카

다비드 디오프

아프리카, 나의 아프리카!

대대로 물려받은 대초원에서 당당하던 무사들의 아프리카

내 할머니가 머나먼 강둑에 앉아

노래 부르던 아프리카

나는 그대를 결코 알지 못하지만

내 얼굴은 그대들의 피로 가득하다.

들판을 적시는 그대의 아름다운 검은 피

그대가 흘린 땀의 피

노동의 땀

노예 생활의 노동

그대 아이들의 노예 생활

아프리카, 말해보라, 아프리카

이것이 당신인가, 휘어진 이 등이

찌는 듯한 길바닥에서 채찍마다 예예 굽실대는

붉은 상처들로 떨고 있는 얼룩무늬의 이 등이?

그대 묵직한 목소리가 대답한다.

성급한 아들아, 이 젊고 튼튼한 나무

창백하게 시든 꽃들 가운데

눈부신 외로움으로 서 있는

바로 이 나무

이것이 아프리카다. 새싹을 내미는

끈기 있게 고집스럽게 다시 일어서는

그리고 그 열매에 자유의 쓰라린 맛이

서서히 배어드는 이 나무가.

* 다비드 디오프David Diop(1927~1960)는 프랑스에서 태어난 세네갈 시인이다. 1960년경 세네갈 다카르 앞바다에서 비행기 사고로 짧은 생을 마쳤다. 그는 아프리카에 대한 짙은 향수와 식민주의의 억압에 대한 저항 등을 노래하는 작품을 썼다.

프롤로그

아프리카 대륙이 심상치 않다. 아프리카는 반세기쯤 전, 식민지 지배에서 벗어나 풍부한 자원을 바탕으로 미래에 대한 희망을 안고 힘찬 발걸음을 내딛었다. 그러나 현재 대부분의 나라에서 사람들은 빈곤에 허덕이고 그들 사이에 살육전까지 벌어지고 있다. 이유가 무엇일까?

그 원인을 규명하고자 아프리카를 수차례 드나들면서 알게 된 사실은 대부분의 국가가 정부의 잘못으로 제대로 형성되지 못하고 정체의 늪에 빠져 있다는 것이다. 이 점에 대해 나는 그때그때마다 글을 써서 〈아사히신문朝日新聞〉에 타전했다. '아프리카의 중국인'(아사히신문 조간, 2006년 5~6월), '가부키초의 아프리카인'(2007년 1~3월), '나라를 파괴하는 짐바브웨의 경우'(2007년 10~11월) 등이 그것이다.

정부에 변화를 기대할 수 없다면 사람들은 어떻게 '정체의 늪'에서 빠져나올 수 있을까? 나는 아프리카 현지에서 고군분투하는 일본인을 만나보고 그 방법을 생각해보았다. 그것이 '아프리카의 두 일본인 사장'(아사히신문 석간, 2008년 1월)이라는 제목의 기획기사였다. 또한 정체의 늪에서 빠져나오기 위해 활약하는 많은 현지 NGO도 취재했다.

이 책은 그런 일련의 신문 연재기사와 칼럼 등을 바탕으로 새로운 상황을 추가해서 손질한 내용들을 엮은 것이다. 붕괴되는 나라와 그곳에서 살아가고자 고군분투하는 사람들의 모습을 그대로 전함으로써, 우리가 그 상황을 어떻게 받아들여야 할지 생각해볼 수 있는 기회가 되기를 바란 것이다.

이 책은 아프리카 대륙의 모든 국가를 다루지는 않았다. 아프리카 사하라 이남에는 48개국이 있는데, 이 책에 등장하는 나라는 짐바브웨·남아프리카공화국·앙골라·케냐·우간다·세네갈·나이지리아 등 10개국 정도다. 그러나 아프리카의 모든 나라가 똑같은 증상을 가지고 있다. 이 책에 등장하는 나라의 이야기는 아프리카 대륙 전체에서 일어나고 있다고 해도 무방할 것이다.

현재의 아프리카 나라들을 크게 네 유형으로 분류할 수 있다. 첫째 정부가 국가 형성을 순조롭게 추진하고 있는 국가, 둘째 정부가 국가 형성에 대한 의욕은 있지만 운영 기술이 미숙해서 진척이 더딘 국가, 셋째 정부의 고위층들이 이권만 추구하느라 국가 형성이 늦어지고 있는 국가, 넷째 지도자가 이권에만 관심을 가질 뿐 국가 형성 같은 것은 아예 생각도 하지 않는 국가 등이다.

이런 분류 가운데 첫 번째에 해당하는 나라는 보츠와나 정도일 것이다. 두 번째에 해당하는 나라들은 가나, 우간다, 말라위 등 10개국이다. 세 번째는 아프리카에서 가장 일반적인 경우라서 케냐, 남아프리카공화국 등 대부분의 나라가 여기에 해당한다. 네 번째는 짐바브웨, 앙골라, 수단, 나이지리아, 적도기니 등이다. 요컨대 아프리카 대부분 국가에서는 정부 지도자의 부패로 국민이 희생되고 있다. 그런 나라에서 태어난 국민이 불행하다고밖에 말할 수 없다.

그런 사태가 왜 일어났는가? 어떻게 해야 개혁할 수 있는가? 지금까지 국제연합이나 세계은행의 원조 관계자들이 아프리카 정부의 부패를 지적해왔다. 그러나 아프리카 정부들은 그때마다 "당신들은 인종차별주의자다"라며 반격해왔다. "정치가 순조롭지 못한 것은 식민지 지배로 인해 교육받을 기회를 빼앗겨서다. 그런데도 당신들은 우리를 차별한다"라는 식의 논리다. 아프리카 사람들에게서 "당신은 인종차별주의자다"라는 말을 들으면 사람들은 대개 입을 다물어버린다.

나 역시 2002년 외무성 주최로 도쿄에서 열린 '굿 거버넌스 Good Governance 회의'에서 나이지리아 정부의 부패 사례를 보고했을 때, 회의장에 있던 아프리카 정부 관계자에게서 "당신이 하는 말은 인종차별주의다"라는 말을 들었다. 또 1982년 코트디부아르의 수도 아비장에 있는 아프리카개발은행AfDB (African Development Bank) 본부에서 내가 아프리카인 이사의 부정을 지적했을 때도 "그것은 인종차별주의자의 생각이다"라며 나의 발언을 저지했다. 아프리카 정부 관계자로서는 "인종차별주의!"라고만 외쳐대면 자신들에 대한 비판을 막을 수 있는 것이다.

그러나 이제 그것만으로 해결되지 않는 시기가 왔다. 풍부한 자원이 개발되고 있는데도 그 혜택이 국민에게 돌아가지 않는다. 대부분의 사람이 굶주림과 병으로 죽어가고 부족들 간의 대립도 더욱 심화되고 있다. 세계는 그 책임이 아프리카 정부에 있다는 것을 인식하기 시작했다. 아프리카 정부의 실태를 지적하는 발언이 최근 들어 쏟아져 나오는 것은 그 때문이다. 그러한 비판자들은 인종차별주의에 입각해서 아프리카인을 비판하고 있는 것이 아니라, '국민을 희생양으로 삼고 있는 아프리카 정부'를 비판하는 것이다. 왜 아프리카 상황이 심각해졌는지 좀더 현실을 직시하며 생각해보기를 바란다. 그것이 이 책의 목적이다. 고통을 받고 있는 것은 '사람들'이다.

나는 1980년 아사히신문사 사회부의 기획으로 아프리카 대륙을 처음 방문해서 짐바브웨의 독립을 취재했다. 그것은 '독립시대'의 최종 무대였다. 그러고 나서 지금까지 30여 년 동안 아프리카를 취재해왔다. 또한 지도자들이 이권에만 관심을 가질 뿐 국가로서 제대로 기능하지 못하는 극단적인 붕괴국가, 즉 소말리아와 시에라리온에서 일어난 일은 이미 《칼라시니코프カラシニコフ》(아사히신문사, 2004년)에서 다루었다. 또 나는 이 책에 등장하는 사람들을 직접 만나보고 그들의 이야기에 귀를 기울여 최대한 그들의 목소리를 담아내려고 했다. 내가 그들에게서 들은 것은 '아프리카의 현실'이었다.

차 례

제1장

루뭄바의 꿈은
어디로 갔을까?

아프리카에서 가장 은총을 받은 독립국가

'아프리카에서 가장 은총을 받은 독립'이라는 말을 들으며 독립한 나라가 있었다. 1980년에 독립한 남부아프리카의 짐바브웨Zimbabwe다. 신新정부가 탄생했을 때 농업 기반은 거의 완벽했다. 백인 대규모 농장과 흑인 영세농가 모두 높은 생산력을 자랑하여 농산물은 수요를 채우고도 남아돌았다. 그래서 잉여농산물을 인근 국가에 수출하여 외자 수입의 3분의 1을 벌어들였다.

식자율識字率이 90퍼센트를 넘어 아프리카 평균의 3배나 되며, 대규모 공업 도시가 있고, 노동력 수준도 높았다. 광물 자원이 풍부하고 광업 시설도 완비되어 있었다. 철도 운행기술도 높고 자동차도로도 갖추어져 있었다. 사회기반시설이 전혀 없는 상태에서 독립한 모잠비크와 앙골라에 비하면 그야말로 하늘과 땅 차이였다.

그랬던 짐바브웨가 현재는 농업 생산량이 수요의 절반도 미치지 못한다. 나라 전체에 굶주림이 만연되어 있고, 2008년 2월에는 인플레이션율이 16만 퍼센트를 넘었다. 2007년 2월에는 1개에 10엔이던 달걀이 지금은 1만 6,000엔을 내야 살 수 있으니, 도대체 이게 어떻게 된 일일까?

노동자들의 월급은 의미가 벌써 사라져버렸다. 고통을 견디다 못해 인근 국가로 탈출하는 사람들이 속출하고 그 수가 인구의 4분의 1에 달한다. 왜 이런 사태가 되어버린 것일까? 인접국인 남아프리카공화국Republic of South Africa으로 탈출한 사람들에게서 그 실태를 들어보았다.

악어가 우글거리는 강을 건너다

2007년 8월 4일 한밤중, 남아프리카공화국과 국경을 접한 짐바브웨 마을 바이트브리지Beitbridge. 국경 검문소에서 동쪽으로 약 10킬로미터 떨어진 어둠 속에서 남자 15명이 철조망 울타리 아래의 땅바닥을 파고 있었다. 막대기로 땅을 파고 손으로 흙을 퍼냈다. 브라이트는 그 당시의 일을 생각하면 지금도 심장이 떨려온다고 한다.

"철조망 울타리에는 고압 전류가 흐르고 있었죠. 만지면 그야말로 끝장인 거죠."

땅바닥을 30센티미터쯤 파내려간 다음 Y자 형의 나뭇가지 2개를 세워 철조망을 들어올렸다. 그러자 공간이 50센티미터가량 생겼다. 그곳을 한 사람씩 빠져나가 약 20미터 앞에 있는 수풀로 뛰어갔다.

"전원이 다 빠져나가는 데 채 1분도 걸리지 않았을 겁니다. 그야말로 필사적이었죠."

비탈길을 1킬로미터쯤 내려가니 림포푸Limpopo강이 나왔다. 어둠 속에서 강 수면이 하얗게 보였다. 바로 그 앞이 남아프리카공화국이다. 림포푸강에는 악어가 우글거린다. 국경을 넘으려는 사람들이 악어에 잡혀 먹혔다는 뉴스를 라디오에서 가끔 들었던 브라이트가 주춤거리자 리더가 호통을 쳤다.

"이곳은 물이 얕아. 얕은 곳에는 악어가 없으니 빨리 건너자!"

그들은 신발을 벗고 바지를 걷어 올린 다음 강으로 들어갔다. 물이 얕아 무릎 위를 닿을 정도였다. 그러나 강의 폭은 100미터가 넘고 물살이 빠른데다 돌이 미끈거려 몇 번이나 넘어질 뻔했다. 강을 다 건너자 탐조등이 비췄다. 남아프리카공화국 경찰에게 들킨 것이다. 자동차 엔진 소리가 들려왔다. 일행은 미리 의논한 대로 각자 흩어져 사방으로 달려갔다.

이곳에서 가장 가까운 남아프리카공화국 마을인 메시나 Messina까지는 약 10킬로미터만 가면 된다. 수풀 쪽으로 계속 가면서 마을 교회의 뒤편으로 내려갔다. 15명이던 인원이 5명으로 줄었다. 브라이트가 말했다.

"아마도 나머지는 체포되었을 겁니다."

다섯 사람은 남쪽을 향해 걷기 시작했다. 그들의 목적지는 남아프리카공화국 최대 도시인 요하네스버그다. 그곳까지는 약 500킬로미터의 거리다. 그들은 가는 도중 백인 농장에서 일하기도 하면서 계속 걸어갔다. 농장주는 브라이트 일행이 불법 입국자라는 사실을 눈치챘지만 경찰에게는 알리지 않았다. 그 대신 약점을 잡아 하루 6랜드rand(1랜드≒20엔, 약 120엔) 가량의 저임금으로 그들을 부려먹었다.

남아프리카공화국은 주급제다. 불법 입국자들을 일주일 동안 실컷 부려먹고 일주일이 지나면 경찰에게 알리는 농장주도 있다고 한다. 그들은 9월 4일 요하네스버그 근교의 구 흑인 거주지인 알렉산드리아Alexandria에 도착해서 지인인 짐바브웨 사람의 집을 찾아갔다. 그들이 림포푸강을 건넌 지 딱 한 달째 되는 날이었다.

한 달 뼈 빠지게 일해도 달걀 24개

브라이트는 짐바브웨의 남부 도시 불라와요Bulawayo 출신이다. 1998년 군대를 제대했지만 일자리가 없어 농산물 행상을 하며 살았는데, 버스를 타고 농촌에 가서 주식인 옥수수와 야채와 달걀을 구입해서 그것을 도시로 팔러 다녔다. 다리가 뻣뻣해지도록 팔러 다녀도 월수입은 80만 짐바브웨달러Z달러 안팎이었다. 당시 달걀 1개가 3만 Z달러였다. 한 달 동안 뼈 빠지게 일해도 달걀 24개 살 정도의 수입밖에 되지 않았다.

"열네 살 먹은 큰애를 포함해서 자식이 셋이나 됩니다. 다섯 식구가 생활하기에는 턱없이 부족하죠. 식사는 하루에 저녁 한 끼만 먹었습니다. 아이들은 학교에도 갈 수 없는 극빈의 생활이었죠."

그래도 어떻게든 생활은 해나갈 수 있었다. 절망적인 상황이 된 것은 2007년 6월 26일 이후였다. 그날 로버트 무가베 Robert Mugabe 대통령이 갑자기 "모든 상품의 가격을 절반으로 내려라"고 성명을 발표했다. 현재의 인플레이션은 폭리를 탐하는 악덕 상인이 있기 때문이니 그러한 행위를 용서할 수 없다. 그러니 모든 상품의 가격을 절반으로 내려 인플레이션을 막을 것이라고 대통령은 말했다.

상품 가격을 절반으로 내리면 원가에도 미치지 못한다. 상인들은 상점에 진열된 상품들을 모조리 거둬들였다. 그러자 모든 물자가 암시장에서만 거래되어 오히려 물가는 더욱더 폭등했다. 달걀은 슈퍼마켓 진열대에서 모두 사라지고 암시장에서 1개에 5만 Z달러에 거래되었다. 브라이트의 한 달 벌이가 달걀 24개에서 12개로 줄어버린 것이다.

가격 반감령이 발표되기 전인 6월 초순에는 500그램에 2만

Z달러 하는 빵을 가게에서 언제든지 살 수 있었다. 그러나 가격 반감령 이후 빵은 어쩌다 가게에 나올 뿐이고 가격도 급등했다. 7월에는 5만 Z달러, 8월에는 6만 6,000Z달러나 되었다. 2개월 만에 값이 3배 넘게 오른 것이다.

이대로 가다가는 가족 모두 굶어죽을 수밖에 없다고 생각한 브라이트는 남아프리카공화국에 가기로 마음먹었다. 남아프리카공화국의 요하네스버그에는 그의 형이 이미 돈벌이 하러 가 있었다. 그러나 브라이트는 여권이 없는데다 남아프리카공화국은 최근 들어 짐바브웨 사람들의 입국을 엄격하게 통제하고 있었다. 결국 몰래 국경을 넘을 수밖에 없었다. 근처에 불법 월경을 경험한 사람이 있었다. 그는 2006년에 국경을 넘었지만 요하네스버그에서 불법 거주가 발각되어 체포된 다음 강제로 송환되었다.

"여기 있으면 굶어죽을 수밖에 없어. 나는 또다시 갈 거야. 누구 같이 갈 사람 없어?"

그렇게 말한 그를 리더로 삼아 19세부터 40세까지 5명이 모였다. 19세 청년을 빼고는 모두 가정이 있는 사람들이었다.

브라이트는 아내에게 남아프리카공화국으로 간다는 말을 하지 않았다. 분명 아내가 걱정하며 반대할 것이라고 생각해

서였다. 그는 "옥수수를 사러 간다"고 말하고 아무 짐도 들지 않은 채 바이트브리지행行 버스에 올라탔다. 바이트브리지 시장에서 다시 10명이 가담했다. 모두 모르는 남자였다. 15명은 국경을 따라 약 10킬로미터를 걷다가 수풀에 몸을 숨기고 한밤중이 될 때까지 기다렸다. 그때가 8월 4일이었다.

인구의 4분의 1이 남아프리카공화국으로 달아났다

남아프리카공화국 요하네스버그 근교의 구 흑인 거주지 알렉산드리아에는 불법 입국한 짐바브웨 사람들이 모여 살고 있는 지역이 있다. 내가 브라이트를 만나 이야기를 들은 것도 그곳에서였다.

　브라이트는 승합택시를 세차해주면서 살아가고 있었다. 콤비라 불리는 12인승 마이크로버스로 1대를 세차해주고 받는 금액은 20랜드다. 콤비를 세차하는 시간대는 출근길 러시아워가 끝난 오전 9시부터 귀갓길 러시아워를 준비하기 시작하는 오후 3시쯤까지다. 하루에 고작해야 5대 정도 세차할 수 있다. 5대를 세차하면 100랜드밖에 되지 않지만, 그래도 통화 가치가 있는 만큼 짐바브웨보다는 나았다. 비 오는 날도 있으므로 한 달 수입은 1,500랜드쯤 되는데, 그 중 500랜드를 불라와요에 있는 아내에게 보낸다. 남아프리카공화국에는 짐바브웨 사람들의 지하은행이 생겨서 가족들에게 송금할 수 있었다.

"알렉산드리아에 사는 짐바브웨 사람들은 대부분이 불법 입국자입니다. 그래도 날마다 새로운 사람들이 오고 있지요. 하루에 1,000명 가량씩 늘고 있는 것 같아요."

남아프리카공화국 외무부의 에숍 파하드Essop Pahad 부장관은 2007년 8월에 "불법 입국한 짐바브웨인은 300만 명이 넘을 것으로 보고 있다"고 말했다. 짐바브웨 총인구인 1,300만 명의 거의 4분의 1이다.

남아프리카공화국뿐만이 아니다. 북쪽에 인접해 있는 잠비아에도 하루에 수백 명씩 불법 입국하고 있다. 불법 출국자 대부분이 40세 이하의 남자다. 한창 일할 나이의 남자들이 대량으로 탈출하는 것이다. 그야말로 나라가 붕괴되고 있다는 이야기다.

대통령이 국가 시스템을 파괴했다

짐바브웨는 1980년 백인 소수 지배에서 독립했다. 게릴라투쟁을 벌여온 '짐바브웨아프리카민족동맹ZANU(Zimbabwe African National Union)'의 지도자 로버트 무가베가 총리가 되어 권력의 자리에 올랐다. 그리고 1987년 대통령에 취임했다.

짐바브웨는 독립 당시 4,500명의 백인 농장주가 전체 농지의 20퍼센트를 소유하고 있었다. 1992년 백인 농지를 매수해서 흑인들에게 분배하는 '토지수용법'이 가결되자, 백인들도 협력하는 태도를 취했다. 안정된 농업 생산과 광물 자원으로 국가의 재정 상태가 호전되어 1990년대에는 연 20억 달러의 외자를 벌어들였다. 그러나 무가베 정권이 장기화되자 1990년대 중반부터 로버트 무가베가 부패했다는 소문이 퍼져나갔다. 국민의 불만이 고조되자 정부는 백인 농장에 대한 증오심을 선동하는 방책을 썼다.

"국민이 힘든 것은 내 탓이 아니라 백인들이 농장을 점거하고 있어서다. 모든 게 백인 탓이다."

정부는 독립투쟁을 벌였던 참전용사들에게 지시해서 백인 농장을 점거하도록 했다. 그러나 참전용사들은 대규모 농장을 경영할 수 있는 노하우가 없어서 농장은 얼마 안 있어 황폐해졌다. 그 결과 농업 생산량이 격감하고 물가가 오르기 시작했다.

짐바브웨 정부의 발표에 따르면 인플레이션율은 2007년 7월에 7,634퍼센트였다고 한다. 이때에도 이미 비정상적인 고高인플레이션율이었다. 그런데 그것이 11월에는 2만 6,470퍼센트가 되더니, 12월에는 6만 6,212퍼센트, 2008년 2월에는 급기야 16만 퍼센트를 넘은 것이다. 브라이트는 짐바브웨 경제가 붕괴된 것은 모두 로버트 무가베의 책임이라고 했다. 그렇다면 대통령이 바뀌면 귀국하겠냐고 내가 물으니 그는 고개를 저었다.

"로버트 무가베는 국가 시스템을 모두 파괴해버렸어요. 농업, 상업, 학교, 병원 등 전부를요. 대통령이 바뀌어도 나라가 회복되기 힘들 겁니다."

브라이트는 그의 미들 네임이다. 짐바브웨에서는 흔한 이름이다. 그의 풀 네임을 기사에 내보내지 않을 것과 사진을 찍지 않는 것이 취재 조건이었다. 나와 헤어질 때 그는 그것을 여러 번 주지시켰다.

"내가 송환되어 경찰에 잡히면 나와 우리 가족은 모두 죽습니다. 그들은 정말로 죽여요."

'아이들아! 미래는 아름답다'는 환상이었나?

사람들은 1960년대를 '아프리카시대'라고 떠들어댔다. 아프리카 국가들이 연이어 식민지에서 독립을 했기 때문이다. 서아프리카의 콩고민주공화국Democratic Republic of Congo은 1960년 6월, 벨기에에서 독립했다. 독립을 이끈 지도자는 파트리스 루뭄바Patrice Lumumba(1925~1961)였다. 그는 식민지 치하였을 때는 맥주회사의 영업사원이었다. 독립 후 루뭄바는 초대 총리가 되었지만, 구 종주국이었던 벨기에가 개입한 쿠데타로 체포되어 감옥에서 암살당했다. 체포된 루뭄바는 죽음을 예견했다. 그러나 자신이 죽은 후 아프리카는 식민지 세력의 영향에서 해방되어 멋진 시대를 맞이할 것이라고 믿었다. 그가 가족들에게 남긴 옥중 유서는 세계에 감동을 주었다.

"아이들아! 나는 이제 너희들을 만날 수 없을지도 모른다. 그러나 너희들에게 말해두고 싶구나. 콩고의 미래는 아름답다고!"

그러고 나서 반세기가 지났지만, 콩고민주공화국은 아름다워지지 않았다. 쿠데타를 일으켜 루뭄바 정권을 무너뜨린 세세 세코 모부투Sese Seko Mobutu(1930~1997) 장군은 독재자가 되었다. 국가 경영은 부패했고 결국 파탄이 났다. 영장 없는 체포와 재판 없는 구류 등 인권은 무시되기 일쑤였다. 그러나 서구 진영은 아무 말도 하지 않았다. 콩고민주공화국이 사회주의 정책을 취하지 않는 한, 냉전구조 속에서 서구 진영은 독재 체재를 지지했던 것이다.

냉전이 끝나자 1997년에 모부투 정권이 붕괴되었다. 그러나 광물 자원의 이권을 둘러싸고 정권 계승 다툼이 이어지면서 정치는 지금도 불안정하다. 구리와 코발트와 희소금속 등이 풍부한 아프리카 최대의 광물 자원국이면서도 그 부는 국가 재정에 편입되지 않고 어디론가 사라져버린다. 2005년 국민 1인당 연간소득이 120달러에 지나지 않는 가난이 나라를 뒤덮고 있다.*

짐바브웨와 콩고민주공화국만이 아니다. 소말리아Somalia (1960년 독립)는 모하메드 시아드 바레Mohammed Siad Barre 정

---

* 콩고민주공화국의 석유 매장량은 약 1억 8,000만 배럴이지만, 1인당 국내총생산은 약 300달러로 세계에서 두 번째로 가난한 나라(2009년 국제통화기금 기준). 또한 부패 지수는 2008년 180개국 가운데 171위를 기록했다. 광물 자원 중에서 코발트는 세계 매장량의 50퍼센트 가량, 다이아몬드는 30퍼센트, 콜탄은 70퍼센트다. 2006년에는 로랑 카빌라의 아들인 조제프 카빌라가 대통령이 되었다. 한편 콩고민주공화국은 독립 당시 콩고공화국이었으나, 1964년 콩고민주공화국으로, 1971년에는 자이르공화국으로 국명이 바뀌었다가 1997년에 지금의 콩고민주공화국으로 바뀌었다.

권의 독재가 계속되다가 1991년 정권이 붕괴된 후에 무정부 상태에 빠졌고 현재는 내전 상태가 이어지고 있다. 나이지리아Nigeria(1960년 독립)는 사하라 이남 아프리카 최대의 산유국으로 연간 500억 달러의 외자를 벌어들이지만, 그 대부분이 정부 고위층의 수중으로 들어가 버려 정작 경찰이나 학교 교사 같은 공무원들은 월급조차 제대로 받지 못하고 있다.

시에라리온Sierra Leone(1961년 독립)은 다이아몬드 이권을 둘러싼 분쟁이 소년병까지 이용하는 내전으로 발전했다. 이웃 나라인 라이베리아Liberia마저 여기에 얽혀 10여 년 동안 살육전이 계속되다가 가까스로 정전이 되었지만 정부는 여전히 불안정하다. 적도기니Equatorial Guinea(1968년 독립)는 독재 대통령의 일족이 석유 이권을 독점하고 야당 정치가의 투옥과 암살이 잇따르고 있다.

코트디부아르Côte d'Ivoire(1960년 독립)는 한때 프랑스 식민지의 우등생이라는 소리까지 들었지만, 2002년의 쿠데타로 어이없이 무너졌다. 아직 대통령 선거가 치러질 전망도 보이지 않고 무장해제도 되지 않고 있다. 차드Chad(1960년 독립)는 독립 직후부터 내전이 이어져 2008년 현재도 수단이 지원하는 반정부 세력이 동부를 지배하고 있고, 정부는 수도만 지배할 뿐이라서 국가 안정과는 거리가 멀다.

케냐Kenya(1963년 독립)는 순조롭게 성장하여 안정된 궤도에 올라서나 싶더니, 2007년 말 대통령 선거를 계기로 부족 간 대립이 도화선이 되어 주민살육전이 벌어졌다. '영국 식민지의 우등생'인 케냐조차 불안정한 불씨를 안고 있었던 것이다.

남아프리카공화국은 기나긴 분쟁 끝에 1994년에 소수 백인 지배에서 탈피했다. 그러나 곧 지배정당인 아프리카민족회의 ANC(African National Congress)가 부패하기 시작했다. 한때 부정 부패 사건으로 실각한 제이컵 주마Jacob Zuma 전 부통령이 2007년 12월 ANC 의장에 취임했다.* 가난한 사람들은 자신들이 고통 받는 것은 외국인의 이주 탓이라며 짐바브웨 사람들을 습격하기 시작했다.

아프리카는 대체 어떻게 되어가는 것일까? 루뭄바의 꿈은 실현 불가능한 환상에 지나지 않았던 것일까? 그렇다면 무엇이 문제일까? 우선 짐바브웨의 사례를 따져보면서 그 저변에 흐르고 있는 문제를 관찰해보자.

---

* 제이컵 주마는 2005년 6월에 뇌물수수 혐의로 부통령직에서 해임되었고, 2009년 5월에 대통령에 취임했다.

제 2 장

누가 짐바브웨를
파괴했나?

느닷없는 '가격 반감령'

2007년 6월 26일, 짐바브웨 수도 하라레Harare의 묘지에서 독립투쟁을 벌였던 참전용사의 장례식이 있었다. 여기에 참석한 무가베 대통령은 조사弔辭를 하다가 마지막에는 격렬한 선동 연설을 했다.

"이 광기의 물가상승은 영국의 음모다. 우리는 여기에 질 수 없다. 국민의 생활을 유지하기 위해 기업과 상점은 모든 상품의 가격을 절반으로 내려라. 이를 따르지 않는 기업은 모두 국유화하겠다."

바로 얼마 전까지만 해도 물가는 일주일 만에 3배나 올랐다. 슈퍼마켓에서는 하루 사이에 가격표를 2번이나 갈아치울 정도였다. 그런 인플레이션을 억제하기 위해 대통령이 내세운 정책이 바로 '가격 반감령'이었다.

대통령의 연설은 라디오와 텔레비전으로 전파되었지만, 그날 당일은 거리가 조용했다. 누구도 대통령의 연설을 이해하지 못했기 때문이다. 사람들은 대통령이 단순히 상징적인 의미로 그렇게 말한 것이라고 생각했다. 그러나 그날 저녁 무렵 물건값을 절반으로 내리지 않았다는 이유로 슈퍼마켓 경영자가 체포되었다. 그 사건이 다음날 뉴스로 보도되자 거리가 술렁거렸다. 하라레의 관광회사에 근무하는 고든은 시내에 있는 구두점 '바타Bata'로 달려갔다.

"이상하죠. 지금 생각해보면 왜 하필 구두였는지……. 나만 그런 것이 아니었습니다. 많은 남자가 바타에 들이닥쳐 구두를 반값에 사들였습니다."

바타는 세계적인 구두 브랜드로 아프리카 각지에도 공장과 매장이 있다. 한 켤레에 3,000엔쯤 하는데 짐바브웨의 물가 수준에서는 고가상품이다. 사고 싶은 구두를 사지 못하고 날마다 쇼윈도 너머로 바라보기만 했던 서민들이 제일 먼저 구두점으로 달려간 것이다. 구두는 그날 중으로 모두 사라지고 바타는 개점휴업 상태가 되었다.

바타 다음은 슈퍼마켓이었다. 이곳은 주로 주부들이 들이닥쳐 순식간에 식료품이 바닥났다. 상점마다 백화점 특설매장 같은 상태가 되었다. 고든은 그 당시를 이렇게 회고했다.

"사람들은 앞다투어 물건을 사들였어요. 그것은 정말이지 합법적인 약탈이었습니다."

상점 주인들은 물건을 가게에서 빼내기에 바빴다. 그러자 상점의 진열대에는 아무것도 남아 있지 않았다. 모든 물자가 암시장에서만 거래되고 가격 반감령 전보다 훨씬 높은 가격이 되고 말았다.

2006년 이후 월 1,000퍼센트 정도로 변하던 월간 인플레이션율이 가격 반감령 이후 급상승해서 7월에는 중앙은행 발표에 따르면 7,634퍼센트가 되었다고 한다. 정부의 즉흥적인 정책이 정반대의 결과를 초래한 것이다. 나는 가격 반감령이 발표된 지 두 달 후인 2007년 9월에 하라레의 대형 슈퍼마켓을 둘러보았다. 그런데 상품매장마다 텅텅 비어 있었다. 고기도 없고, 밀가루와 옥수수가루 같은 곡류도 없었다. 식용유, 비누, 양초, 화장지 같은 일상생활에 필요한 물건들도 전혀 없었다.

노선버스도 가격 반감령의 영향을 받았다. 가뜩이나 외화

부족 때문에 가솔린과 경유는 원래부터 품귀 현상을 빚어 가격이 비쌌다. 그것을 무시하고 운임을 반액으로 하라니 버스 회사는 연료비도 나오지 않아 운행을 10분의 1로 줄여버렸다. 아무리 기다려도 버스는 오지 않고 겨우 온다 해도 사람들로 꽉 차 탈 수도 없었다.

"수도에 있는 회사마다 지각이 당연시되었죠. 슈퍼마켓에 빵이 나왔다는 소리를 들으면 아무리 근무 중이라도 일을 내팽개치고 달려가 줄을 섰어요. 사회규범 따위는 모두 엉망진창이었죠. 상품 원가도 생각하지 않고 무조건 가격을 절반으로 내리면 무슨 일이 일어날지 대통령은 생각하지 않은 걸까요?"

고든은 일의 성격상 외화를 손에 쥘 수 있다. 아내가 남아프리카공화국 비자를 가지고 있어서 한 달에 한 번 버스를 타고 남아프리카공화국에 들어가 식료품을 구입해서 어떻게든 견뎌내고 있다. 그러나 비자와 외화가 없는 사람들은 식료품을 사기 위해 줄을 설 수밖에 없다.

햄버거 1개에 3,000만 Z달러

2007년 9월 7일 당시 하라레 암시장에서 거래되는 달걀 1개의 가격은 5만 Z달러였다. 공정 환율(1달러=250Z달러)로 환산하면 2만 엔이다. 그러나 암달러 시장에서는 1달러가 25만 Z달러다. 그렇다면 달걀은 20만 엔 정도다. 공정 환율과 실세 환율(암달러 시장) 사이에 1,000배나 차이가 나는 것이다.

외화벌이 수단이었던 농업이 붕괴되면서 식량을 수입해야 했던 것이 커다란 원인이다. 당연히 짐바브웨 정부나 중앙은행이 대외 결제를 위해 갖고 있던 금과 외화도 없어졌고 암시장 환율이 급상승했다. 게다가 가격 반감령까지 내려졌다. 2007년 1월에는 1달러에 5,000~6,000Z달러였던 암달러 시장이 단숨에 25만 Z달러까지 뛰어올랐다. 암달러를 교환하고 싶으면 교외에 있는 중화요리점이나 인도요리점에 가서 몰래 부탁하기도 한다.

2007년 8월 중 최고액 지폐는 10만 Z달러였다. 당시 환율로 약 40엔이다. 이것을 50장씩 고무줄로 묶으면 두께가 약 1센티미터다. 그것이 500만 Z달러이고 미국 달러로 환산하면 20달러(약 2,000엔)에 해당한다. 그것을 다시 10묶음으로 만들어 고무

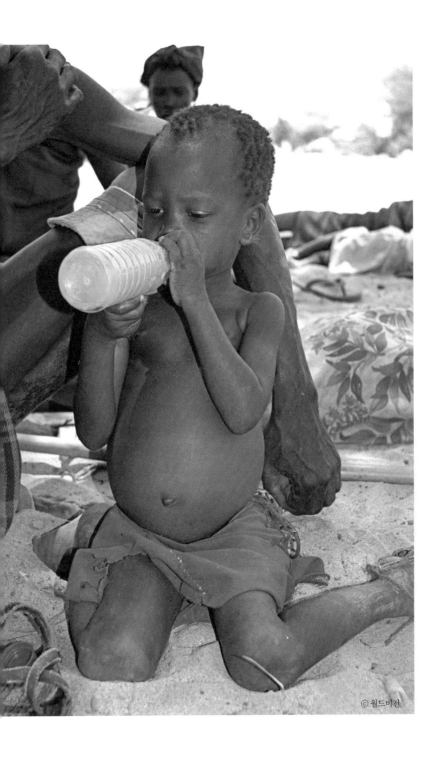

© 월드비전

줄로 돌돌 말아놓은 것이 5,000만 Z달러이고 200달러에 해당한다. 10센티미터 가량의 두께다. 고액을 지불할 때는 이 10센티미터 두께의 뭉칫돈을 배낭에 넣어 가져간다.

짐바브웨 정부는 2007년 8월에 20만 Z달러짜리 지폐를 새로이 발행했다. 약 80엔이다. 그리고 12월에는 또다시 75만 Z달러짜리 지폐를 발행했다. 그래도 소용이 없었다. 인플레이션율이 16만 퍼센트를 넘어선 2008년 2월에는 급기야 2,500만 Z달러짜리 지폐를 발행했다. 그러나 인플레이션이 훨씬 빠르게 진행되어 햄버거 1개(3,000만 Z달러)도 살 수 없는 상황이 되었다. 2008년 3월 당시 1달러의 외교관 환율은 3만 Z달러였다. 그러나 암시장 환율은 2,000만 Z달러가 되었다. 2007년 9월 25만 Z달러였을 때보다 80배나 오른 것이다.

물가는 일주일 만에 3~4배로 뛰었고 외화를 가지고 있지 않으면 생활해나갈 수 없었다. 외국에 있는 친척들이 송금을 해주는 사람들과 자급자족이나 물물교환이 가능한 사람들은 괜찮지만, 봉급생활자는 도저히 생활을 해나갈 수 없었다.

의사와 약사는 모두 해외로 떠났다

남부 마스빙고Masvingo 주의 주립병원에는 일본인 임상검사원 하시모토 나오후미橋本尚文가 일하고 있다. 그는 에이즈바이러스HIV 모자감염 예방프로젝트를 위해 일본국제협력기구JICA에서 파견한 전문가다. 2005년부터 2008년까지 3년 계획으로 HIV 검사 키트Kit를 일반 가정에 나눠주거나 수진受診 캠페인을 위해 지방을 순회하는 일을 하고 있다. 그가 활동한 지 2년째에 접어든 2007년 프로젝트가 성과를 보이기 시작했다. 임신부의 HIV 검사 수진율은 2006년까지 40퍼센트쯤이었지만, 2007년 7월 조사에서는 80퍼센트가 넘었다. 성인 HIV 감염률은 2002년 조사에서는 25퍼센트였지만, 2007년 4월에는 18퍼센트로 감소했다.

그러나 2007년이 되어 나라 경제가 붕괴되면서 활동에 큰 지장을 초래하고 있다. 일본 정부의 공적인 활동인 정부개발원조ODA(Official Development Assistant)의 일환이므로 그의 활동경비를 암거래 환율로 지불할 수가 없었다. 외교관 환율인 '1달러=3만 Z달러'가 적용되고 있는 것이다. 그 당시 실제로는 1달러는 25만 Z달러였기 때문에 8분의 1인 셈이다. 가솔린은 1리터에 1,000엔이고 고무스탬프가 1만 5,000엔이나 했다.

특히 인건비를 지불하기가 힘들었다. 지방순회용 공용차 때문에 운전사를 고용하고 있는데, 그동안 지급한 월급 10만 엔이 외교관 환율로 80만 엔이 된 것이다. 프로젝트 예산은 총액이 1억 5,000만 엔인데, 짐바브웨의 경제 붕괴로 약 2,000만 엔으로 감액된 것이나 마찬가지다.

"자동차 부품이나 펑크 수리, 형광등이나 건전지 같은 사소한 비용을 공비公費로 지불하는 것도 귀찮아서 그냥 제 주머니에서 내고 맙니다. 2년 동안 이렇게 쓴 돈이 40만 엔이나 된다니까요."

또한 하시모토 나오후미가 걱정하는 것은 의사 문제다. 의사의 월급이 물가를 따라가지 못하므로 실질적인 월급은 1만 5,000엔 가량이다. 병원 원장이 겨우 2만 엔쯤 받는데, 이 돈으로는 생활해나갈 수가 없다.

2006년까지 병원에는 의사가 11명 있었지만, 2007년 4월 이후 모두 그만두고 영국 등 해외로 떠나버렸다. 현재 짐바브웨인 의사는 1명도 없다. 그 부족한 인원을 쿠바에서 파견된 의사로 충당하고 있다. 정부는 다른 나라의 손길에 기댈 뿐 의사의 처우를 개선시키기 위한 아무런 노력도 기울이지 않고 있다. 의사만이 아니다. 검사원이나 약사 등 자격을 가진 기술자가 점점 짐바브웨를 빠져나가고 있다.

눈부신 농업 생산량

짐바브웨는 독립하고 나서 10년 동안 평화로웠다. 특히 농업이 눈부셨다. 아프리카의 대표적인 가뭄지대인데도 농업 생산량이 안정되어 국내 소비를 충족하고 인접국에 수출했다. 1995년 당시 수출액 약 20억 달러 중 6억 달러가 농산물이었다.

짐바브웨의 농업은 백인 농가와 흑인 농가가 공생하는 구조였는데, 그것이 농업 생산을 순조롭게 만드는 기반이었다. 약 4,500명의 백인 농가가 전체 농지 약 4,000만 헥타르의 20퍼센트인 800만 헥타르를 소유하고 있다. 백인 농장은 대형 스프링클러와 트랙터를 구비한 대규모 경영 방식이므로 가뭄의 영향을 그다지 받지 않았다. 작물은 담배 같은 환금작물이 중심이지만, 옥수수와 콩 같은 곡류도 키우고 있어서 국내 소비의 대부분은 백인 농장에서 생산되는 것으로 충당했다.

게다가 짐바브웨 전체 인구 1,300만 명의 대부분을 차지하는 흑인 영세농가의 농업도 활발했다. 백인 농장의 안정된 곡물 생산량에 흑인 농가의 생산량이 더해졌고, 그것을 수출품으로 돌린 것이다. 독립 후 짐바브웨는 특히 흑인 영세농가의 농업 생산력 증강에 힘을 쏟았다.

1983년부터 1985년까지 아프리카 대륙에 대가뭄이 덮쳤다. 에티오피아와 모잠비크에서 100만 명이 넘는 사망자가 나왔다. 그러나 가뭄이 가장 심했던 짐바브웨에서는 사망자가 단 1명도 나오지 않았고 위기를 거뜬하게 넘겼다. 아니 오히려 그 이듬해에는 잉여곡물이 100만 톤이나 되었다. 이는 신정부가 노력한 성과였다. 짐바브웨는 무엇을 한 것일까?

"비가 오면 열어라"

1984년 짐바브웨 남부에서는 우기가 되어도 비가 흩뿌리는 정도였다. 비가 올 때마다 농가는 주식인 옥수수 씨를 뿌리지만 그 뒤로 비가 오지 않아 씨는 싹을 틔우지 못하고 말라죽었다. 이런 현상이 거듭되는 바람에 대부분 농가는 비축하고 있던 씨를 모두 바닥내고 말았다. 그때 짐바브웨 정부가 남부의 농가 5만 2,000가구를 집집마다 돌아다니며 "비가 본격적으로 내리면 열어라"라면서 종이박스를 나누어 주었다.

종이박스에는 '농업 키트'라고 인쇄되어 있고, 그 속에는 옥수수와 소르검Sorghum(사탕수수와 유사한 작물)의 씨와 비료·살충제 등 개인 농가 1가구 평균인 5,000제곱미터(약 1,500평) 몫이 정확히 담겨 있었다. 에티오피아와 모잠비크에서는 모처럼 비가 와도 씨가 바닥났기 때문에 어쩔 수 없이 밭을 버리고 난민이 되는 농가가 많다. 그러나 짐바브웨의 농가에서는 마을을 버리는 일 없이 다음 시기의 수확을 확보할 수 있었다. 이듬해인 1985년 에티오피아 등지에서는 대량의 아사자가 나왔지만, 짐바브웨는 대풍작을 맞이했다.

'농업 키트'라는 아이디어를 생각해낸 사람은 농업부에 소속된 농사보급원이었다. 또한 자전거를 타고 집집마다 돌며 키트를 나눠준 것도 그들이었다. 짐바브웨는 전국 각지에 3,400명의 농사보급원이 있다. 그들은 농업고등학교를 나왔고 평균연령은 30세다. 한 사람당 평균 20가구를 담당하고 자전거를 타고 순회한다.

그들은 착실한 활동으로 영세농민들의 신뢰를 얻었고, 그 결과 농촌의 상황이 상세히 보고되어 짐바브웨 정부는 세밀한 생산량 강화책을 내놓을 수 있었다. 1985년의 가뭄을 이겨낸 짐바브웨는 1986년 일본에서 125씨씨 바이크 1,200대를 사서 농사보급원들에게 주고 그들의 노고를 치하했다.

정부가 농업에 무관심해졌다

그만큼 충실한 농업정책을 취하던 짐바브웨 정부가 그 후 농사보급원에 대해 점점 소홀해졌다. 아니 그렇다기보다는 아예 농업 그 자체에 무관심해져버린 것이다. 농사보급원을 교육하고 그들의 정보를 토대로 농업정책을 세우고 그들의 활동을 지원한 것은 농업부의 백인 기술 관료들이었다. 그러나 무가베 정권이 백인들을 소외시키는 태도를 보이자, 백인 직원은 하나둘씩 그만두고 떠나갔다. 1990년대에 들어와 백인 직원은 농업부에서 거의 사라졌고 그와 동시에 농사보급원의 대우도 나빠지기 시작했다.

불라와요에 사는 이노센트 모요Innocent Moyo는 1990년 농업학교를 나와 농사보급원이 되었다. 그러나 7년 동안 월급이 전혀 오르지 않았다. 인플레이션이 점점 심해지자 그는 가족을 부양할 수 없어 농사보급원을 그만둘 수밖에 없었다. 그는 현재 짐바브웨의 지역농업 NGO인 '지방농촌발전협력기구 ORAP'에서 일하고 있다. 그는 이렇게 분석했다.

"우리나라 농업은 백인의 대규모 농장과 흑인의 소규모 농업, 이렇게 쌍두마차로 움직여왔습니다. 독립 후 10년간은 그것이 제대로 잘 돌아갔지요. 그러나 무가베 정권은 1990년대 중반부터 농업을 거들떠보지도 않았는데, 이는 농업이 이권으로 이어지지 않기 때문이죠."

세계은행의 아프리카 담당관이었던 캐나다인 로버트 칼드리시Robert Calderisi는 자신의 책 《아프리카의 문제점 : 외국 원조는 왜 도움이 되지 않는가?》(2006년)에서 아프리카가 안고 있는 문제의 대부분은 그들이 스스로 만들어낸 것이라고 지적했다.

1960~1970년대 아프리카 나라 대부분이 농산물 수출국이었다. 그들은 개발도상국으로서 그 장점을 좀더 살리는 노력을 해야 했다. 그러나 부패한 지도자들은 농업에 관심을 기울이지 않았다. 그 결과 아프리카는 농산물 수출국에서 수입국으로 전락해버렸다. 그에 따른 소득 손실은 연간 700억 달러가 넘는다. 그것은 선진국에서 연간 200~300억 달러 가량 받는

정부개발원조로는 도저히 충당할 수 없는 금액이다.

"우리가 원조한 돈으로 사치품을 사지 마라"

무가베 정권은 농업에 소홀해진 것을 포함해서 몇 가지 실정을 범했다. 1990년대 후반에만도 큰 실책이 세 차례나 있었다. 첫째는 1997년 독립투쟁 참전용사들에 대한 무계획적인 연금 지급, 둘째는 1998년 콩고민주공화국에 갑작스런 파병, 셋째는 2000년 백인 농장의 강제 몰수 등이다.

1980년 권좌에 오른 로버트 무가베는 1990년대에 접어들자 부패했다는 소문이 돌기 시작했다. 신공항 건설을 둘러싸고 외국 기업에서 300만 달러가 대통령에게 전해졌다는 기사가 지역신문에 보도되었다. 대통령에 대한 비판이 일면서 장교 쿠데타 소동까지 일어났다. 군대에는 독립투쟁 참전용사들의 영향력이 아직 강력하게 남아 있었다. 따라서 로버트 무가베는 그들을 어떻게든지 회유해야 했다. 그것이 참전용사들에게 연금을 지급한 이유다.

1997년 7만 명의 참전용사에게 1인당 50만 엔 상당의 일시

금과 월 3만 엔 상당의 연금을 지급하기로 결정했다. 의회와 상의하지도 않고 재원 마련도 생각하지 않은 채 완전히 즉흥적인 인기끌기 정책이었다. 일시금만 따져도 350억 엔이라는 막대한 지출이라 국가재정은 파탄이 났다.

이듬해인 1998년 무가베 대통령은 갑작스럽게 콩고민주공화국에 파병하기로 결정했다. 콩고민주공화국에서는 로랑 카빌라Laurent Kabila 정권과 반정부군 사이에 내전이 계속되고 있었는데, 무가베 대통령은 카빌라 정권을 지원하기 위해 1만 명의 병력을 4년 동안 보내기로 한 것이다. 해외로 파병할 경우 경비는 병사 1인당 최소한 연간 1만 달러가 들어간다. 가뜩이나 외화도 부족한 짐바브웨가 파병으로 연간 1억 달러가 넘는 외화를 4년 동안이나 쏟아부은 것이다.

무가베 대통령은 왜 인접국도 아닌 콩고민주공화국에 귀중한 외화를 쓰면서까지 파병한 것일까? 짐바브웨의 야당인 '민주변혁운동MDC(Movement for Democratic Change)'의 한 의원은 "사람들은 그레이스 영부인 때문에 파병한 것이라고 믿고 있다"고 말한다.

무가베 대통령은 아내가 암으로 투병 중일 때, 비서인 기혼 여성과 관계를 갖고 아이까지 두었다. 1996년 아내가 사망하자 그 비서와 재혼했고 그녀가 바로 그레이스 영부인이다. 무가베 대통령과 그레이스 영부인의 나이 차이는 40세였다. 그레이스는 당시 공군 장교의 부인이었지만, 대통령과 결혼할 무렵 이혼했다. 그리고 남편인 공군 장교는 해외로 떠났다.

그레이스 영부인의 생활은 상당히 화려해서 수도 하라레의 고급주택가에 방이 수십 개나 되는 호화저택을 짓거나 영국 여행 중에 고가의 의류와 보석을 대량으로 사들여 빈축을 사기도 했다. 그녀가 머물던 런던의 한 호텔 앞에서 "우리가 원조한 돈으로 사치품을 사지 마라"는 런던 시민들의 시위가 있을 정도였다.

그러한 영부인 때문에 무가베 대통령은 콩고민주공화국에 다이아몬드광산을 샀고, 파병은 그 광산을 반정부군에게서 지키기 위해서였다고 야당의원은 말했다. 또 그는 "게코 광산(다이아몬드광산의 이름)이라는 말은 짐바브웨 사람이라면 누구나 알고 있다"고 말했다.

마지막으로 백인 농장을 강제로 점거한 일이다. 2000년부터 시작된 백인 농장의 강제몰수는 농업이 중심인 짐바브웨의 경제를 완전히 파괴해버렸다.

'백인 농장' 점거를 선동하다

2000년 수도 하라레 교외의 마론데라Marondera에서 백인 농가인 스티브 프레드의 농장을 취재하고 있을 때의 일이다. 농장 사무소 문이 갑작스레 벌컥 열리면서 농장감독인 청년이 창백한 표정으로 뛰어들어 왔다. 그는 흑인들이 휘두르는 도끼를 피해 도망쳐왔다고 했다.

"그들이 농장 나무를 베고 있어서 사진을 찍으려고 하자 갑자기 달려들었어요. 내가 당황해서 도망쳤더니 자동차 지붕을 도끼로 계속 찍어댔어요."

사무소 밖에 세워둔 차를 보니 지붕이 움푹 들어가 있고 페인트칠도 벗겨져 있었다. 짐바브웨에서 독립투쟁 참전용사들이 백인 농장을 점거하기 시작한 것은 2000년 2월부터다. 마스빙고 주의 지사는 이렇게 외치기 시작했다.

"참전용사들은 백인 농장을 점거하라! 백인들의 토지는 우리 조상들에게서 빼앗은 땅이다."

흑인들의 불법 점거는 전국 각지로 퍼져나가 3월 말에는 1,600개의 농장에 이르렀다. 참전용사들은 대부분 군용 트럭을 타고 백인 농장에 들이닥쳤다. 그 배후에 정부가 있다는 사실을 분명히 알 수 있었다.

프레드의 농장은 약 500헥타르이고 담배와 옥수수를 키우고 있다. 2000년 3월, 남자 20여 명이 군용 트럭을 몰고 들이닥쳐 담배밭 한가운데에 오두막을 짓고 눌러앉았다. 프레드가 나가달라고 하자, 그들은 "여기는 우리 선조 땅이니 우리에게 경작할 권리가 있다"고 주장했다.

프레드는 마론데라 경찰에게 신고했다. 그러나 경찰은 상황을 보러 오지도 않았고, 참전용사들은 농사를 방해하기 시작했다. 트랙터가 밭에 들어가는 것을 방해하고 소가 목초지에 들어가지 못하게 했다. 급기야는 작물인 옥수수를 마음대로 수확해서 도시로 가져가 팔기도 했다. 이를 막으러 간 농장감독은 여러 명에게 에워싸여 두들겨 맞았다. 2000년 6월, 인근 지역에서는 백인 농장주가 사살되었다. 농장을 점거한 자들을 쫓아내러 갔다가 오히려 총에 맞은 것이다. 그러나 경찰은 살인사건을 수사도 하지 않았다.

짐바브웨가 독립한 1980년에 백인 농가는 특산품인 담배 93퍼센트, 콩 99퍼센트, 보리 95퍼센트를 생산하여 나라의 수출액 20억 달러의 약 3분의 1에 해당하는 6억 달러를 벌어들였다. 또한 백인 농가에서 200만 명의 흑인 노동자가 일하고 있고, 국가 총 고용의 26퍼센트를 백인 농장이 차지했다.

　무가베 정권은 1980년 독립한 이후 백인 소유의 농지 일부를 매수해서 흑인 빈곤층에게 재분배하는 정책을 추진해왔다. 구 종주국이었던 영국이 매수 비용을 부담하여 2000년까지 350만 헥타르를 취득했다. 백인 농장 측도 '소규모 농장지원 프로젝트'를 만들어 협력 태세를 취했다.

　그러나 정부가 매수한 농지를 정비하지 않았기 때문에 빈곤층이 백인 농지에 정착하기는 쉽지 않았다. 또한 농장 국유화 정책도 실패해서 수많은 토지가 방치되다시피 했다. 빈곤층의 불만이 높아진 1997년 무가베 대통령은 1,500개의 백인 농장을 강제로 몰수하겠다고 발표했다. 참전용사들에게 연금을 지급한다고 발표한 때와 같은 시기였다. 그것이 강제 점거라는 형태로 현실화된 때가 2000년이었다.

"나는 백인을 여러 명 죽였다"

스티브 프레드처럼 식민지시대부터 농장을 갖고 있었던 백인뿐만 아니라 최근에 땅을 사서 농사를 시작한 백인들도 피해를 입었다. 수도 하라레에서 북쪽으로 40킬로미터 떨어진 지역에 있는 데이비드의 농장은 1990년에 정식 계약을 맺고 구입한 땅이다. 그런데 '흑인한테 빼앗은 땅'이 아닌데도 그들에게 강제 점거를 당했다.

예전에 데이비드는 회사원이었다. 요트 선수였던 그는 1988년 서울올림픽에서는 짐바브웨 대표로 참가했다. 그러나 세계대회에 참가하려면 장기간 해외에 체류해야 하는데, 그때마다 휴가를 얻기도 힘들고 해서 서울올림픽을 계기로 회사를 그만두고 농장을 시작했다.

그의 조부가 식민지시대에 영국에서 이주해왔고, 데이비드는 이민 3세다. 집안 대대로 엔지니어라서 농사는 처음이었다. 그는 970헥타르의 농장을 5,000만 엔에 샀다. 세금만 1,500만 엔 가량 들었다. 거의 은행 융자를 받아 마련한 것이다.

그는 흑인 노동자 120명을 고용해서 옥수수와 콩과 밀을 재배했다. 그밖에 고무나무와 젖소에도 손을 댔다. 처음에는 계속 적자였지만, 1996년부터 흑자로 돌아섰다. 농장이 겨우 정상 궤도에 오르나 싶었는데, 그들이 들이닥친 것이다. 2000년 11월에 남녀 12명이 농장에 쳐들어와 건조공장 뒤쪽 창고에 눌러앉았다.

"여기는 우리 선조 땅이다. 우리에게는 당연히 밭을 이용할 권리가 있다."

그들은 귀중한 고무나무를 잘라 연료로 쓰기 시작했다. 데이비드는 "제발 그만둬! 나무를 베려면 차라리 유칼리나무로 해줘"라고 부탁했다. 그러자 겨우 성장한 유칼리나무가 계속해서 잘려나갔다. 그들은 그것을 장작으로 만들어 도시로 가지고 가서 팔았다.

어느 날 그들이 소를 죽이려는 것을 직원이 발견하고 데이비드에게 알려왔다. 그 소는 번식용 종우種牛였다. 데이비드는 하는 수 없이 다른 소를 넘겨주었다. 톱, 도끼, 쟁기 등 창고에 있던 연장들을 거의 다 가지고 가버리기도 했다. 이것을 따지면 그들은 이렇게 으름장을 놓았다.

"농장에 불을 지르겠다. 나는 이미 백인을 여러 명 죽였다!"

경찰들은 모두 방관하고 있었다. 데이비드가 재판소에 신청해서 퇴거명령서를 받아내도, 경찰이 움직여주지 않으니 명령서는 그저 종이 쪼가리일 뿐 아무 효력이 없었다.

© 월드비전

농장을 점거한 자들을 티타임에 초대하다

2007년 10월, 데이비드의 농장을 7년 만에 다시 방문했다. 그는 쫓겨나지 않고 계속 농장을 경영하고 있었다. 백인 농가 조직인 '상업농장주조합'에 따르면 2007년까지 참전용사들이 점거한 백인 농장은 거의 국유화되었다고 한다. 4,500명의 농장주 가운데 농장에 남아 있는 사람은 약 400명에 불과하다. 데이비드도 그 중 살아남은 한 사람이었다.

그는 거액의 융자를 받아 농장을 샀으니 농사를 그만둘 수도 없었다. 2000년 농장을 점거당한 뒤 데이비드는 이 난관을 어떻게 헤쳐 나가야 할지 몰라 막막했다. 그러다 생각해낸 것이 농장을 점거한 사람들을 티타임에 초대하는 일이었다.

"이곳은 빼앗은 땅이 아니라 내가 새로 산 땅이다. 나는 나라에 세금을 내고 나라를 위해서 농사를 짓고 있다. 이렇게 계속 호소했지요."

티타임은 날마다 이어졌다. 그러는 동안 그들은 서로의 신상에 대해 이야기하기 시작했다. 두 달쯤 지난 어느 날 그들은 홀연히 사라졌다. 토지권리증은 국가에 빼앗겼기 때문에 땅은 아무래도 국유화되었을 것이다. 살아남은 다른 백인 농장 중에는 '99년간의 임대계약'을 맺어 농사를 계속 짓고 있는 곳도 있지만 데이비드의 농장에는 그런 제의가 없었다. 그는 법적인 처지가 불안하지만 자신이 나서서 그것을 알아보고 싶지는 않았다. 그도 역시 "풀 네임은 기사로 내보내지 말아주세요"라고 말했다. 데이비드는 미들 네임이다.

데이비드 농장에서는 현재 씨옥수수 500톤, 밀 300톤, 콩 350톤을 생산한다. 그밖에도 보리·식용 옥수수·땅콩을 재배하고, 목축도 하고 있다.

"농산물을 시장에 내놓지는 않습니다. 요즘 같은 인플레이션 상황에서 팔았다가는 완전히 망하니까요. 그래서 모두 물물교환을 하고 있지요."

농장에는 트랙터가 11대가 있지만, 해마다 1대씩 새로 사야 한다. 그 값을 콩으로 지불한다.

"콩은 보존성이 좋아요. 트랙터 연료와 부품은 콩을 주고 삽니다. 현재 나의 은행은 콩을 보관한 창고입니다."

"48시간 안에 나가라"

백인 농장의 노동자였던 존은 2002년에 그가 일했던 농장이 참전용사들에게 몰수되는 과정을 처음부터 끝까지 지켜보았다. 그는 짐바브웨의 북부 친호이Chinhoyi에 있는 백인 농장에서 일하고 있었다. 농장은 2,000헥타르의 넓은 규모로 담배와 옥수수와 밀을 재배하고 있었다. 존의 부모는 농장에서 사는 노동자라서 존에게는 농장이 태어나 자란 고향이었다.

담배 수확을 앞둔 어느 날이었다. 자신들이 참전용사라면서 남자 3명이 군용 트럭을 타고 들이닥쳤다. 세 사람은 총을 들이대며 "농장주를 불러오라"고 말했다. 공터에 노동자들이 모여들고 농장주가 끌려왔다. 남자 한 사람이 농장주에게 "여기는 우리 선조 땅이니 우리 것이다. 너희는 48시간 안에 여기를 나가라. 옷 말고는 아무것도 가져갈 수 없다"고 말했다. 농장주는 40대로 나이 어린 자식 3명이 있었다. 존이 말했다.

"노동자들의 교육과 의료에 신경을 써준 좋은 주인이었는데⋯⋯."

사흘 후 농장주 일가는 소형 트럭에 개 2마리와 일상용품만 싣고 전송하는 노동자들에게 작별인사를 하고 떠났다. 농장을 점거한 참전용사 3명 중 두 사람은 곧바로 모습을 감추었고 한 사람이 새로운 농장주가 되었다. 새 농장주는 여당 국회의원의 사촌이었다.

전 주인이었던 백인 농장주는 날마다 농장을 둘러보고 노동자들에게 세세한 지시를 내렸다. 그러나 새 농장주는 밭에는 아예 나오지도 않았다. 제초제와 비료를 다 써도 보충하지 않아서 농작물은 벌레를 먹거나 시들어갔다. 2004년 담배 수확은 예전의 절반밖에 되지 않더니 2007년에는 아예 전멸했다.

상업농장주조합에 따르면 몰수된 농장에서는 모든 생산이 격감했다고 한다. 새 농장주가 된 참전용사들은 대규모 농장을 경영할 수 있는 노하우가 없었고 필요한 투자도 하지 않았기 때문이다. 국제연합의 세계식량계획WFP에 따르면 2000년에 8억 5,000만 달러였던 짐바브웨의 농산품 수출은 2006년에는 3억 7,000만 달러로 줄었다고 한다.

"급료가 가솔린 1리터만큼의 액수였어요"

존은 새 농장주 밑에서 한동안 일했지만, 2004년에 농장을 그만두었다. 도저히 생활해나갈 수 없어서였다.

"예전에는 좋은 농장이었어요."

노동자는 200명 정도 있었는데 모두 각자의 주택이 있었다. 존의 집에는 침실 2개와 식당이 있었고, 흑인 의사가 정기적으로 돌면서 건강 상태를 봐주었다. 초등학교도 4학년까지 있어서 노동자의 자녀들은 모두 학교를 다녔다. 그리고 상급학교에 진학하고 싶은 사람은 외부에 있는 중고등학교를 다녔다.

존도 고등학교에 진학했다. 그러나 17세 때 아버지가 돌아가시는 바람에 학교를 계속 다닐 수가 없게 되자, 학교를 그만두고 아버지 대신 농장에서 일하게 된 것이다. 농장에서는 급료 외에도 현물을 지급해주었다. 주식인 옥수수 가루, 설탕, 소금, 콩, 식용유, 홍차, 게다가 고기 1킬로그램이 주급날에 함께 지급되었다. 어머니와 여동생 이렇게 세 식구가 생활하기에 충분한 양이었다.

백인 농장주는 존에게 "너는 고등학교에 다니고 있으니 열심히만 하면 농장감독이 될 수 있다"고 늘 격려해주었다. 농장감독이 되면 급료도 더 많이 받을 수 있다. 그런 와중에 농장이 강제로 몰수되었고, 농장주가 새로 바뀌면서 생활이 달라졌다. 현물 지급이 없어진 것이다. 인플레이션율은 점점 높아져만 가는데 급료는 오르지 않으니 끼니조차 때우기 힘들었다. 존은 그 당시를 회고하며 말했다.

"내가 받은 마지막 급료는 가솔린 1리터만큼의 액수였어요."

2004년 존은 동료와 함께 농장을 그만두고 일자리를 찾아 하라레로 왔다. 하라레 남쪽의 저소득층 지역인 치퉁위자Chitungwiza의 공터에 오두막을 짓고 살았다. 농장이 몰수되어 일자리를 잃은 농장 노동자들에게 정부는 "고향으로 돌아가라"고 명령했다. 그러나 존처럼 농장에서 나고 자란 사람들에게는 돌아갈 고향이 없으니 수도 주변으로 모여들 수밖에 없었다. 하지만 일자리는 찾을 수 없었다.

2005년 정부는 '불법 거주 일소작전' 캠페인을 벌였다. 수도 주변의 불법 거주자는 정부에 불만을 품고 있고, 그런 '불만분자'가 폭동을 일으킬까봐 두려웠던 것이다. 군대의 불도저를 동원해서 존이 살던 오두막도 부셔버렸다. 남아프리카공화국의 아파르트헤이트(인종차별정책)시대에 흑인 거주지인 소웨토Soweto에서 백인 정부가 한 짓과 똑같은 일을 짐바브웨의 흑인 정부가 한 것이다.

존은 떠돌이가 되었다. 전국 각지를 떠돌아다니던 끝에 전에 일했던 백인 농장 한구석에서 야숙하며 근처에 있는 밭의 작물을 훔치고 야생동물을 잡아먹으며 살았다. 떠돌이 생활을 1년 동안 지속하다가 2006년 지인의 소개로 농업단체 잡용직에 고용되어 겨우 인간다운 생활을 할 수 있었다.

하라레의 인도주의 NGO '농업과정의'에 따르면 2000년까지 백인 농장에서 일하는 흑인 노동자는 약 200만 명이고, 국가 총 고용의 26퍼센트를 차지했다고 한다. 그런데 백인 농장 몰수로 그 중 약 180만 명이 일자리를 잃고 100만 명이 유민화되었다. 정부가 백인 농장을 몰수한 것은 농업 생산량을 격감시켰을 뿐만 아니라 흑인 실업자를 양산했다. 실업률은 2008년 2월 현재 정부가 발표하기로는 80퍼센트가 넘었다.

시체가 안치소에 넘쳐나고 있다

나는 수도 하라레에서 남부 도시 불라와요로 가면서 도로변 모습이 옛날과 다르다는 것을 느꼈다. 아무래도 거무스름한 것이 들불의 흔적인 것 같은데 그런 광경이 계속 이어졌다. 아까시나무와 유칼리나무가 검게 탄 나무껍질을 드러내고 있었다. 1980년 짐바브웨가 독립한 이후 내가 몇 번이고 차로 달렸던 간선도로다.

그 당시 도로변은 대규모 농장이 이어지면서 푸르게 빛나는 목초와 바람에 나부끼는 보리 이삭이 무척이나 아름다웠다. 그런데 지금은 전혀 다른 모습이었다. 대체 무슨 일이 일어난 것일까? 존에 따르면 유민이 된 농장 노동자들이 들불을 지르고 있다고 한다.

"그들은 황폐해진 농장에 들어가 야숙하며 덫을 놓아 야생동물을 잡아먹습니다. 덫이 있는 쪽으로 동물을 몰아넣기 위해 저렇게 불을 지르는 것이지요."

방치된 백인 소유의 농장은 풀이 자라 야생동물들이 모여들고 있었다. 유민들은 농장의 철책을 잘라내고 덫을 놓아 동물들을 몰아간다. 식용 쥐, 토끼, 임팔라, 가젤 등이 잡힌다고 한다. 존 역시 그렇게 해서 1년을 연명했다.

고지에 있는 짐바브웨는 겨울밤에는 기온이 10도 이하로 내려가 날씨가 쌀쌀하다. 식량도 옷가지도 없이 야숙하는 유민들 중에는 영양 부족이나 폐렴과 홍역으로 죽어가는 사람이 많다고 한다. 존은 "병원의 시체 안치소에 가보면 알 수 있지요"라고 말했다. 유민들의 시체는 아무도 인수해가지 않아서 모든 안치소는 시체로 넘쳐나고 있다고 말했다.

"살기 힘든 것은 모두 저놈들 탓이다"

백인 농장을 몰수한 것은 짐바브웨 경제를 붕괴시키고 실업자를 많이 만들어냈다. 이토록 손실이 막대한 정책을 무가베 정권은 왜 시행한 것일까? 당시는 독재가 장기화되면서 부패와 실정으로 국민의 불만이 고조되었다. 특히 오랫동안 독립투쟁에 목숨을 걸어온 참전용사들의 불만이 강했다. 1997년에는 그들의 영향 아래 쿠데타 소동까지 일어났다. 백인 농장 몰수는 그러한 비난의 화살을 다른 데로 돌리기 위해서가 아니었을까? 지금도 농장을 경영하고 있는 데이비드는 그렇게 보고 있다.

"1,300만 국민은 고통스러운 생활을 이어가고 있습니다. 그런데도 정부는 '인구의 1퍼센트도 안 되는 백인들이 전체 농지의 20퍼센트를 소유하면서 저렇게 부유한 생활을 누리고 있다. 국민이 힘든 것은 정부 탓이 아니라 모두 저놈들 탓이다'라며 책임을 회피하고 있습니다."

중부아프리카의 르완다에서는 1994년 종족 분쟁으로 주민 100만 명이 학살당하는 사건이 일어났다. 이 경우도 짐바브웨와 비슷한 성격을 갖는다. 르완다의 인구 구성은 후투족Hutu族이 85퍼센트, 투치족Tutsi族이 14퍼센트를 차지한다. 1973년에 후투족인 국방장관이 쿠데타로 정권을 잡자, 절대다수의 부족을 배경으로 독재를 계속했다.

1990년대에 들어와 정부 권력자의 부패에 대한 사람들의 불만이 고조되었다. 그러자 정부 측은 라디오 같은 매체를 이용하여 "나쁜 것은 우리가 아니라 투치족이다"라는 선언을 하기 시작했다. 대통령의 비행기가 몇몇 사람의 공격을 받는 일이 일어나게 되자, 그때 정부의 선전으로 선동된 종족 간 갈등이 단숨에 불거져 대살육전으로 이어졌다.

지도자가 '적'을 만들어내서 자신에 대한 불만을 다른 데로 전가시키는 방식은 아프리카에서 자주 볼 수 있는 구도다. 이는 종족 간 대립을 격화시키는 일로 국가적 통일과는 반대 방향으로 국민을 몰아간다. 자칫 나라의 미래를 무너뜨릴 위험성마저 있다. 그러나 권력자는 미래의 일 따위는 생각하지도 않는다. 오로지 눈앞의 책임을 회피하여 계속해서 집권만을 노릴 뿐이다. 르완다의 대학살과 짐바브웨의 경제 붕괴는 바로 그렇게 해서 일어난 것이다.

국가 이익보다는 부족 이익이 중요하다

아프리카는 대부분의 나라가 다부족 국가다. 선거는 대개 출신 부족의 인구 비율로 결정된다. 그 결과 국익보다는 부족 이익이 우선시되는 경우가 많다. 짐바브웨의 로버트 무가베는 인구의 80퍼센트를 차지하는 쇼나족Shona族 출신이다. 따라서 쇼나족에 유리한 정책을 취하면 선거에서 패배하는 일은 없다. 바로 이런 경우 때문에 정권이 장기화되고 부패로 이어지는 원인이 되고 있다.

　아프리카가 식민지시대였을 때 종주국이 멋대로 정해놓은

국경선으로 수많은 다부족 국가가 생기고 말았다. 그것이 국민의식을 형성하는 데 장해가 되어 국민국가를 이루기 어렵게 만든 것이다. 사람들이 자기 부족에 대한 귀속감이 강해서 국가와의 일체감을 그다지 느끼지 못하면 동족인 권력자의 부패를 비난하는 사람이 없어진다. 그 때문에 지도자의 부패는 더욱 빠르게 진행된다.

아프리카 대부분의 나라에서 지도자는 자기 부족에 속하는 사람들에게 국가 이익을 배분함으로써 자신의 지위를 안정적으로 도모한다. 그 때문에 국가가 제대로 형성되지 못하고, 지도자가 가로챈 거액의 공금은 해외은행에 축재되어 국내시장에 편입되지 않는다. 지도자가 축재한 돈이 사회 자본으로 회전되지 않으니 경제발전도 없다. 또한 이권을 잡은 지도자 그룹과 이권에서 배제된 그룹의 대립이 심해진다. 2007년 말, 케냐의 대통령 선거에서는 그것이 종족 간 대립을 일으켜 살육전으로 번졌다.

일본의 메이지유신 때에는 각 지역의 이해관계에 얽매이지 않고 국가 형성만을 염두에 둔 지도자가 나타났다. 이는 서구열강, 러시아, 중국 등의 직접적인 위협이 눈앞에 도사리고 있어 신속한 국가 형성이 최대의 과제가 될 수밖에 없었기 때문이다.

그러나 아프리카에서는 동서 진영의 냉전으로 인해 콩고민주공화국의 모부투 정권 같은 부패국가도 존속할 수 있었다. 그들은 국민의식이 제대로 형성되지도 않았다. 부패한 권력은 그런 의식 따위는 국민이 갖지 않는 편이 오히려 자신들의 입맛에 맞았던 것이다.

경제 파탄은 영국 탓이다

가게에 빵도 없고 고인플레이션이 진행되고 있는 상황을 짐바브웨 정부는 어떻게 보고 있을까? 2007년 9월, 짐바브웨 정부의 홍보담당을 맡고 있는 브라이트 마통가Bright Matonga 공보부 부장관을 만났다. 그는 대통령의 측근으로 차기 대권자로 꼽히는 젊은 정치가다.

"경제 파탄의 원인은 무엇인가?"

모두 영국의 제재 탓이다. 영국은 2002년 내정에 간섭하면서 우리나라에 불법적인 제재를 가했다. 그 때문에 국제적인 투자가 막혀 경제가 돌아가지 않고 있다. 인플레이션과 실업 등 모두 그것이 원인이다.

"2007년 6월에 내린 '가격 반감령'으로 경제가 단숨에 무너졌다. 그 정책이 잘못된 것이 아닐까?"

영국의 제재로 고통 받는 우리는 현상을 타개하기 위해 무엇이든 해볼 필요가 있었다. 가격 반감령 이전에는 하루에 3번이나 물가가 상승한 적이 있고 국민도 고통스러워했다. 그런 상태를 타파하기 위해 내놓은 정책이다. 물론 국내시장은 극심한 혼란 상태가 되었다. 그러나 이 시기를 잘 이겨낼 수밖에 없다.

"2007년 9월 현재 인플레이션율이 7,000퍼센트, 암달러 시장은 공정 환율의 1,000배나 된다. 이는 비정상적인 것이다. 아프리카 다른 나라의 혼란기에도 없었던 현상이다."

영국의 처사에 대해 우리는 격렬하게 싸우고 있다. 그 결과가 지금의 상태인 것이다. 모두 영국의 책임이다.

"의사와 기술자와 교사 같은 나라 운영에 필요한 인재가 생활고 때문에 하나둘씩 해외로 빠져나가고 있는 현상을 어떻게 보고 있는가?"

그들의 기술은 외국에서 충분히 통용되고 있다. 이는 우리나라의 교육 수준이 높다는 것을 말해주는 것이니 자랑스러운 일이다. 게다가 그들이 해외에서 보내주는 돈이 영국의 제재를 완화시키는 작용을 하고 있다.

"무가베 대통령은 27년 동안이나 지도자 자리에 있다. 권력의 장기화는 좋지 않은 것이 아닐까?"

물론 일반적으로는 그렇다. 그러나 국민 대부분이 그를 원하니 어쩔 수 없다. 대통령은 겸허한 사람인데다가 다른 나라 지도자처럼 스위스 은행에 계좌를 갖고 있지도 않다.

"현재의 경제 상황을 사람들은 앞으로 얼마나 더 견뎌야 하는가?"

물건이 없다고 하는데 암시장에서 거래되고 있을 뿐이다. 사람들은 저마다 재주껏 물자를 구입해서 살고 있다. 짐바브웨 사람들은 오랜 독립투쟁을 견디며 살아온 참을성 강한 국민이다. 이 정도쯤은 아무렇지 않게 견딜 수 있다. 정말로 고통스럽다면 물자 쟁탈전이나 살육전이 일어날 것이다. 하지만 그런 일은 없지 않은가?

그 후 남부 도시 바이트브리지에서 열린 정부 측 집회에서 나는 브라이트 마통가 부장관을 다시 만났다. 그는 기분 좋게 말했다.

"다음에 한번 제 농장에 놀러 오세요."

"농장요? 당신은 대규모 농가 출신입니까?"

"아니요. 농장은 대통령한테 받았습니다."

대부분의 백인 농장은 정부의 고위층들 사이에서 서로 주고받는 모양이었다.

야당의원을 쇠몽둥이로 난타하다

경제 혼란이 영국의 제재 탓이라고 말하는 공보부 부장관의 발언에 야당인 MDC의 대변인이자 국회의원인 넬슨 차미사 Nelson Chamisa는 크게 반발했다.

"말도 안 돼요. 국민의 인권을 짓밟아서 영국의 제재를 받은 겁니다. 국회의원에게까지 대낮에도 많은 사람 앞에서 폭력을 휘두르는 사람들입니다. 그런 정부는 정부라고 칭할 자격도 없습니다."

넬슨 차미사는 2007년 3월 18일 아침, 벨기에서 열리는 국제회의에 참석하기 위해 하라레 국제공항으로 향했다. 그는 차에서 내려 공항으로 들어가려는 순간 남자들에게 습격을 받았다. 그는 쇠몽둥이로 머리와 얼굴을 얻어맞고 의식을 잃었다. 깨어나 보니 병원의 중환자실이었다. 두개골 함몰 골절, 안면 타박상, 뇌에 강도 높은 충격이 가해져 움직이면 위험하다는 의사의 진단으로 중환자실에서 3개월을 보냈다. 지금도 이마와 볼에 흉터가 선명히 남아 있다.

당시 목격자는 많았다. 언론 매체의 보도에 따르면 습격한 사람들은 8명의 젊은 남자고 그들을 지휘한 사람은 50세 가량의 양복 입은 남자였다고 한다. 그들은 모두 허리에 권총을 차고 있었다.

"분명 공안경찰이었을 겁니다. 로버트 무가베는 국제회의에서 정부의 부정부패와 독재정권의 실상이 폭로될까봐 두려웠을 겁니다."

MDC의 총재인 모건 창기라이Morgan Tsvangirai도 2007년 3월 뚜렷한 혐의도 없이 치안당국에 체포되어 조사실에서 폭행을 당했다. 머리 오른쪽 부분을 쇠몽둥이로 맞아 의식을 잃고 병원으로 실려가 그대로 2개월 동안 입원했다. 그 후 퇴원을 했지만, 지금도 오른쪽 눈이 부자유스럽다. 넬슨 차미사는 경제가 파탄 난 가장 큰 원인은 백인 농장의 강제몰수에 있다고 한다.

"짐바브웨에서 농장개혁은 필요한 일입니다. 불과 4,500명의 백인이 전체 농지의 20퍼센트를 소유하고 있는 것은 비정상적이니까요. 그러나 정부가 몰수한 농지를 농민들에게 넘기지 않고 정부 고위층끼리 나눠가졌어요. 짐바브웨의 훌륭한 농업을 망친 것은 바로 그들입니다."

무가베는 패배했다

2008년 3월 29일, 짐바브웨 대통령 선거가 실시되었다. 84세의 현직 대통령 로버트 무가베가 다섯 번째 집권을 위해 입후보했다. 그와 경쟁하는 야당후보는 MDC의 모건 창기라이이고 그의 두 번째 도전이었다.

로버트 무가베는 총인구의 80퍼센트를 차지하는 쇼나족 출신이다. 예전에는 대통령 선거 때마다 그가 표의 80퍼센트를 획득하는 '부족 선거'였다. 2002년 대통령 선거에서는 같은 쇼나족 출신 모건 창기라이가 입후보했기 때문에 그동안의 부족 선거 양상이 무너졌다. 그러나 폭력이 난무해서 일본정부선거감시단도 "도저히 공정한 선거라고 할 수 없다"고 했다. 그렇지만 로버트 무가베가 56퍼센트를 차지한데 반해 창기라이는 42퍼센트를 획득해서 나름 선전했다.

그리고 이번 2008년 대통령 선거에서 국제감시단과 구미 언론매체의 입국을 거부하는 등 무가베 정권은 여전히 선거에 개입하고 있다. 그러나 개표 결과는 4월이 되었어도 발표하지 않았다. 동시에 실시했던 하원의회 선거에서는 야당이 54퍼센트를 얻어 승리가 확실해지자, '무가베는 패배했다'라는 여론이 들끓었다. 그러던 중 선거위원장이 아무 발표도 하지 않고 사임해버렸다. 로버트 무가베의 패배를 선언하는 것이 두려워서 그만두었을 것이라는 소문이 퍼졌다.

5월 2일, 선거관리위원회는 대통령 선거에 대해 "모건 창기라이 후보가 47.9퍼센트로 로버트 무가베의 43.2퍼센트보다 앞섰지만, 둘 다 과반수를 넘지 못했기 때문에 결선투표를 치르겠다"고 발표했다. 따라서 6월 말에 재투표를 실시하기로 했다.

그 후 짐바브웨의 행정은 일제히 정지가 되어버렸다. 2008년 2월에 인플레이션율이 16만 퍼센트가 넘었다는 사실은 확인되었지만, 그 이후로는 인플레이션율조차 공표되지 않고 있다. 국가와 국민의 생활이 어떻게 되든지 권력만 붙들고 늘어지는 것이다. 짐바브웨의 대통령 선거는 아프리카 국가들의 권력 실상을 분명하게 보여주고 있다.

분노하는 '사신 만다'

"우리가 목숨을 걸고 싸운 이유는 이런 나라를 만들기 위해서 가 아니었습니다."

독립투쟁 지도자였던 윌프레드 만다Wilfred Manda는 분노했 다. 그는 독립투쟁 때 '짐바브웨아프리카민족해방군ZANLA (Zimbabwe African National Liberation Army)'의 부사령관을 지냈 던 참전용사다. 또한 대통령과 같은 북부 쇼나족 출신이다. 백 인이 지배하던 시대에 대학에서 생물화학을 전공하고 연구원 으로 대학에 남고 싶었지만, 당시에는 흑인에게 연구원 자리 를 주지 않았다.

대학을 졸업한 그는 1971년 ZANLA에 가담했다. 그는 결단 력도 있고 공정하다는 평가를 받아 20대의 젊은 나이에 부대 지휘관으로 추대되었다. 인접국인 모잠비크에 있는 기지에서 국경을 넘어 수없이 공격을 감행했다.

　　　　　　　　제2장 누가 짐바브웨를 파괴했나?

"1975년 쿤블라 전투가 가장 격렬했지요. 적군 아군 할 것 없이 수많은 사상자가 나왔습니다. 체셔 초원에서 부하 70명과 작전 도중에 적의 헬리콥터에 발각되었지요. 여러 대의 헬리콥터에서 기관총으로 파상공격을 해오는데 숨을 데가 없었어요. 정말이지 그때는 이제 마지막이구나 하고 생각했지요. 그래도 칼라시니코프Kalashnikov로 대응하면서 가까스로 모잠비크 쪽으로 도망쳤습니다."

그는 수많은 전투를 지휘하면서도 부상을 한번도 입지 않았다. 그 때문에 적들은 그를 두고 '사신死神 만다'라고 불렀다.

1977년 '짐바브웨아프리카민족동맹ZANU(Zimbabwe African National Union)'의 의장이었던 로버트 무가베는 모잠비크의 켈리마네Quelimane에 연금되어 있었다. 그가 모잠비크의 사모라 마셸Samora Machel(1933~1986) 대통령을 화나게 만들어서였다. 백인 정부와의 평화교섭이 얼마 안 남아 로버트 무가베가 필요한데도 사모라 마셸은 한사코 연금을 풀어주지 않았다.

ZANU 내부의 협의로 젊은 월프레드 만다를 모잠비크에 사자使者로 보내기로 했다. 월프레드 만다는 우선 탄자니아로 가서 줄리어스 니에레레Julius Nyerere 대통령을 만나 사모라 마셸 대통령에게 보내는 편지를 써달라고 했다. 그것을 가지고 사모라 마셀에게 간절하게 부탁해서 겨우 로버트 무가베는 자유의 몸이 되었다.

짐바브웨는 1980년에 독립을 했고 로버트 무가베는 초대 총리가 되었다. 윌프레드 만다도 그대로 군대에 들어갔으면 아마도 간부가 되었을 것이다. 그러나 그는 권력을 잡지 않고 독일로 유학을 떠났다.

"나는 민족의 해방을 위해 싸운 것이지 군대나 전쟁이 좋았던 것은 아닙니다. 오히려 그런 조직이 싫었지요."

윌프레드 만다는 독일 베를린 공과대학에서 생물화학 석사를 마치고 귀국해서 식품회사에 취직했다. 그곳에서 감자칩과 콘플레이크의 제조를 담당했다. 그는 2000년 품질관리 담당이사를 끝으로 퇴임해 지금은 사원이 10명인 소규모 회사를 차려 사탕수수에서 바이오연료를 만들어내고 있다.

"그런데 경제가 이 모양이니 원자재나 기계부품을 살 수가 없습니다. 현재 회사는 휴업 상태이지요."

그가 독립투쟁에 가담한 이유는 자유, 평등, 인권, 민주주의를 위해서였다고 말한다.

"그런데 지금 그 중 어느 하나라도 이 나라에 있습니까? 아무것도 없어요. 그저 부패한 독재정권만 있을 뿐이지요. 독립

전에는 백인이 흑인을 억압했는데, 지금은 흑인 대통령이 흑인 국민을 괴롭히고 있어요."

그의 장남은 대학생이고 장녀는 고등학생이다. 그러나 경제가 이러니 교사가 학교에 나오지 않아 제대로 수업도 받지 못하는 모양이다.

"국가는 독립했는데도 오히려 교육이 엉망이니 대체 이게 무슨 일인지……. 나는 무엇을 위해서 싸운 것인지 모르겠습니다. 적어도 아이들에게는 제대로 된 교육을 받게 하고 싶습니다. 그러려면 남아프리카공화국의 학교에 보내야 하는데, 나한테는 그럴만한 여유가 없어요. 정말로 짐바브웨는 한심한 나라가 되어버렸습니다."

독립투쟁 영웅이 '한심하다'고 개탄할 정도로 짐바브웨는 심각하게 붕괴되었다. 한편 치안도 국가의 근간인데, 이것에 관심을 갖지 않는 나라도 있다.

제 3 장

남아프리카공화국에서
'안전'을 찾다

총으로 무장한 '농장강도'가 활개치다

1980년에 독립한 짐바브웨는 지도자가 부패해서 국가의 기간
산업인 농업을 무시했기 때문에 농산물 수출국에서 수입국으
로 전락했다. 한편 1994년 아파르트헤이트 체제에서 해방된
남아프리카공화국은 경제의 기반인 치안을 지도자가 무시했
기 때문에 경제활동이 어려울 정도이다.

'치안'과 '농업'은 국가건설에 빼놓을 수 없는 중요한 요소
지만, 둘 다 정치가의 이권에는 그다지 영향을 주지 않는 분야
다. 그래서인지 아프리카에서는 이것이 종종 무시되고 있다.

남아프리카공화국에서 흑인들을 지배했던 소수 백인들에

대한 투쟁은 80년 동안 계속되어왔다. 해방조직인 '아프리카 민족회의ANC(African National Congress)'는 수많은 희생을 치르면서도 계속 싸워왔다. 그런데 정권을 잡자마자 ANC 간부들은 금세 부패하기 시작했다. 개선될 줄 알았던 흑인 빈곤층의 가난한 생활은 여전히 나아지지 않았다. 신新국가에 절망한 빈곤층이 범죄에 물들고 그 범죄가 경제의 발목을 잡는 그야말로 악순환이 일어나고 있다.

남아프리카공화국은 아프리카의 여타 국가와 달리 도로와 철도와 통신 같은 사회기반시설이 이미 갖추어져 있었다. 금과 다이아몬드와 희소금속 같은 광물 자원이 풍부하고 그것을 채굴하는 시스템도 자국의 대기업이 운영·관리하고 있다. 500만 명의 훈련된 백인층이 경제기반을 다지고 있고 농업도 순조롭다. 아파르트헤이트에 대한 국제 제재가 풀린 현재 국가경제가 순조롭게 발전되고 있어야 정상일 것이다. 그러나 남아프리카공화국은 악화된 치안이 경제발전을 방해하고 있다.

시가지는 대낮에도 칼을 들고 설치는 강도가 출몰하니 위험해서 사람들이 다닐 수가 없다. 농촌에서는 총으로 무장한 '농장강도'가 활개치고 다닌다. 정부가 '안심하고 살아갈 수 있는 사회'를 국민에게 보장해주지 못하는 것이다.

요하네스버그에서 순찰차에 동승하다

남아프리카공화국 최대 도시인 요하네스버그 경찰청에는 '플라잉 스쿼드Flying Squad'라 불리는 특별기동수사대가 있다. 자동차 운전과 사격 같은 특별훈련을 받은 경찰이 2인 1조로 순찰차를 타고 밤새 시내를 순회하며 흉악범죄에 대처한다. 시속 240킬로미터까지 달릴 수 있는 특별한 순찰차를 사용하고 있다고 해서 '플라잉'이라는 별명이 붙었다.

신정권이 들어선 지 얼마 안 된 1994년 12월 나는 순찰차에 동승할 기회를 얻었다. 오후 7시 대원 전체가 점호를 마치자 그들에게 방탄조끼가 배부되었다. '남아프리카공화국 경찰'이라는 녹색 로고가 들어가 있고, 제법 두툼한 것이 무게가 2킬로그램이나 되었다. 남아프리카공화국은 한여름이라 더우니까 필요 없다고 내가 거절하자, "방탄조끼를 입지 않으면 동승할 수 없습니다"고 대장은 딱 잘라 말했다.

내가 탄 차는 오펠Opel(독일 자동차 회사)의 작은 타운카town car(운전석과 뒷좌석을 유리로 칸막이한 자동차)지만, 2,000씨씨 터보엔진을 장착하고 스프링이 강화되어 있었다. 운전석에는 필립 마르크스 경사, 조수석에는 앨버트 스탠더드 순경, 이렇게 백인 경찰 두 사람이 파트너. 스탠더드 순경의 발치에는 R5 단기관총이 놓여 있었다. 출발한 직후인 오후 7시 45분, 무선이 날아들었다.

"요하네스버그 역 뒤편에서 총격사건이 발생했다. 사망자가 있다."

마르크스 경사가 사이렌을 울리고 액셀을 밟았다. 역 뒤편에 있는 공장 앞 도로에 젊은 흑인 2명의 시체가 널브러져 있고 시트가 덮여 있었다. 시트에서 삐져나온 발에는 완전 새것인 듯한 스니커즈가 신겨 있었다. 시체 주변에는 엄청난 피가 흘러 있었다.

"술에 취해 말다툼을 벌이던 일행이 서로 총질을 해댄 것 같네요. 범인은 도망중입니다."

마르크스 경사가 말했다. 피해자는 신분증을 갖고 있지 않아서 신원을 알 수 없었다. 모잠비크 출신의 불법 이주자인 듯했다. 현장에는 300명쯤 되는 군중이 모여들어 순찰차에 돌을 던지고 있었다. 어둠 속에서 날아온 돌이 순찰차 문에 닿자 둔탁한 소리를 냈다. 요청을 받아 뒤늦게 도착한 기동대가 최루탄으로 군중을 해산시키기 시작했다. 우리가 순찰차에 오르자 또다시 무선이 울렸다.

"남부 지역에서 발포."

마르크스 경사가 사이렌을 울리며 140킬로미터의 속도로 시가지를 달렸다. 밤 9시가 넘어 차량이 적어졌다고는 하나 교차로를 지날 때마다 나는 가슴이 조마조마했다. 사건 현장은 공장지대였다. 어두운 길가에 머리에 총상을 입은 시체가 쓰러져 있었다. 순찰차 2대가 이미 도착해 있었고 피의자인 듯한 흑인 남성을 뒷좌석에 밀어 넣는 참이었다. 내가 피의자 옆으로 다가가니 술 냄새가 진동을 했다. 그는 상당히 술에 취한 모양인지 눈이 벌겋다. 다른 경찰이 흉기인 권총을 비닐봉지에 담고 있었다. 구 소련제 권총인 토카레프Tokarev였다. 마르크스 경사는 인접국인 모잠비크에서 주로 들여온다고 말했다.

하루에 47명이 살해된다

자정을 지나자 이번에는 "경찰이 총에 맞았다"는 무선이 들어왔다. 우리는 고속도로로 진입해 200킬로미터가 넘는 속도로 날아갔다. 구 흑인 거주지인 소웨토로 통하는 고속도로에서 순찰차가 도난차로 보이는 차를 발견했다. 경찰이 차를 세우

고 검문하려는데 창 너머에서 느닷없이 총이 발사되어 경찰의 가슴에 명중했다. 차는 그대로 도주했다고 한다. 현장에 도착하자 총에 맞은 경찰은 구급차에 실려 병원으로 가고 난 뒤였다. 방탄조끼를 입었으니 흉부타박상 정도일 것이라고 말했다.

"이제 방탄조끼가 장식이 아니란 걸 아셨죠? 나도 여름에는 땀띠투성이죠. 여자 친구한테 놀림도 받지만, 내가 살려면 어쩔 수 없죠."

만델라 정권이 탄생한 1994년 남아프리카공화국의 살인사건은 한 달 평균 1,400건이 넘었다. 남아프리카공화국 인구의 3배나 되는 일본이 100건 정도니 얼마나 많은 살인이 일어나고 있는지 알 수 있을 것이다. 즉, 하루에 47명이 살해되고 있다는 이야기다. 침입 강도는 한 달에 약 6,000건, 노상강도는 1만 2,000건, 강간은 2,500건, 차량 도난은 8,000건, 경찰 살해가 한 달 평균 15건이나 된다.

요하네스버그의 경찰청 공보관에 따르면 플라잉 스쿼드에는 순찰차 70대가 있고 대원 250명이 근무한다고 한다. 현재의 범죄 상황으로 볼 때 순찰차 30대와 경찰 150명 정도가 더 필요하지만, 요 몇 년 동안 순찰차는 물론이고 대원도 전혀 충원되지 않았다.

마르크스 경사는 12시간 교대인 4일 근무 4일 휴일제로 일한다. 그러나 대원 수가 부족해서 최근에는 휴일에도 거의 호출되고 있다. 힘들고, 위험하고, 월급도 낮아서 일을 그만두는 대원이 많다고 한다.

도시로 흘러드는 빈곤층

남아프리카공화국에 범죄가 증가하는 원인은 지방의 실업자와 인접국인 모잠비크와 짐바브웨의 불법 이주자들이 요하네스버그로 유입되고 있어서다. 아파르트헤이트시대에는 흑인의 이동과 도시 거주가 제한되어 흑인 빈곤층에 의한 범죄는 흑인 거주지에 한정되었다. 주변국에서 불법 이주자의 유입도 없었다. 그러다 아파르트헤이트가 무너지자 단숨에 이주자들이 흘러들어온 것이다.

구 흑인 거주지에서 먹고살 수 없는 사람들이 일자리를 찾아 하나둘씩 도시로 흘러들었다. 이주자들도 도시로 몰려들었다. 그러나 일자리는 어디에도 없었다. 배는 고픈데 돈이 없으니 결국 강도짓으로 주린 배를 채울 수밖에 없는 것이다. 그런 사람들이 도시에 그득하니 경찰이 그들을 통제하지 못한다. 마르크스는 말한다.

"지방에 먹고살 수 있을 정도의 일자리를 만들지 않는 한 상황은 좋아지지 않을 겁니다. 아무리 그들을 단속해도 소용이 없어요. 우리는 지금 별 소용도 없는 짓을 목숨 걸고 하는 겁니다."

정권을 잡고 있는 ANC는 흑인 빈곤층의 생활 향상을 위해 '부흥개발계획'을 대대적으로 내놓았다. 100만 호 주택 건설, 250만 명의 고용 창설, 10년간의 무료 의무교육 등이 주요골자였다.

이 계획을 지원하기 위해 일본에서 들여온 13억 달러를 비롯해서 선진국에서 거액의 원조와 융자를 약속받았다. 그런데 부흥개발계획은 전혀 진척되지 않았다. 관계부처의 무관심과 미숙한 행정으로 인한 비능률성 때문이다. 정부의 빈곤층에 대한 대응이 늦어 흑인들의 불만이 높아졌다. 그러나 1994년 당시의 범죄 상황은 "정부가 미숙해서 대응책이 불충분한 것일 뿐이다"라고 생각했다. 모든 사람은 행정이 제대로 돌아가면, 범죄는 줄어들 것이라고 낙관했다.

총이 사람들의 3배나 된다

2001년 1월에 나는 또다시 순찰차에 동승했다. ANC 정권이 들어선 지 7년이 지났는데, 그 후 범죄 상황이 어떻게 변했는지 알고 싶었다. 내가 동승한 순찰차의 대원은 이번에도 두 사람 모두 백인이었다. 운전석에 요하네스 스워트 경사, 조수석에 크리스 프레토리우스 순경이었다. 방탄조끼를 지급받고 조수석 발치에 R5 단기관총이 놓여 있는 것도 예전과 같았다. 현재 대원 수는 250명인데, 이것도 7년 전과 다름없다. 그러나 1994년에는 흑인 대원이 1명도 없었는데, 지금은 백인 대원과 흑인 대원이 거의 반반이다. 스워트 경사는 동료가 흑인이든 백인이든 상관없다고 말한다.

"문제는 그 동료가 내 목숨을 맡길 수 있고 믿을 수 있는 사람인지가 중요합니다. 이 일은 까딱하면 목숨을 잃을 수도 있어요. 그럴 때 훈련이 부족한 사람과는 파트너가 되고 싶지 않아요. 훈련이 잘된 우수한 대원이라면 흑인이라도 아무 문제가 없습니다. 그러나 정부가 제대로 시험도 치르지 않고 훈련도 없이 무작정 대원의 절반을 흑인으로 채우라고 한다면 나는 그만둘 겁니다."

1994년에 만났던 마르크스 경사는 어떻게 지내고 있나 싶어 그들에게 물어보니 수년 전에 그만두고 시골로 돌아갔다고 한다.

　"마르크스는 여자 친구의 아파트에 살고 있었는데 그녀와 헤어지자 경찰을 그만두었지요. 그녀의 아파트에 살고 있었으니 헤어지자 살 곳이 없어진 겁니다. 그는 일을 계속하고 싶어 했고 상사도 말렸습니다. 하지만 경찰 월급이 낮으니 혼자 벌어서는 집세를 감당할 수가 없었던 겁니다."

　스워트는 자신도 월급은 낮지만 순찰차를 운전하는 것이 좋아서 그만두지 않을 뿐이라고 말했다.

　"시속 200킬로미터로 달리는 것은 '플라잉 스쿼드'뿐이잖아요."

　우리가 순찰을 돌기 시작한 직후인 오후 6시가 넘어 요하네스버그 서쪽 근교에 있는 주택가에서 차량 번호판이 없는 차를 발견하고, 마이크로 호출해서 차를 세우게 했다. 조수석에 있던 프레토리우스 순경이 먼저 내려 도로에 한쪽 무릎을 대고 단기관총을 차고 엄호 자세를 취했다.

　"차에서 내려서 차에 손을 대라."

　젊은 흑인 두 사람이 차에서 내려 차의 지붕에 손을 댔다.

스워트 경사가 총을 들이대며 그들의 주머니와 벨트 언저리를 샅샅이 훑어보고 나서 불심 검문을 시작했다. 무기는 가지고 있지 않은 모양이다. 그들에게 차량 번호판이 없는 이유를 물었다.

"자동차 수리공장에서 이제 막 차를 찾아왔을 뿐입니다. 차량 번호판은 집에 두고 왔어요."

자동차 공장이 있는 곳을 물으니 두 사람은 대답이 없었다. 아무래도 도난 차량인 모양이다. 무선으로 관할 지역 순찰차를 불러 처리를 맡겼다. 순찰차가 도착하기까지 약 5분 동안 프레토리우스는 자세를 흐트러뜨리지 않았다. 갑자기 총을 들이대는 모습이 좀 거칠다고 내가 말했더니, 스워트는 "죽고 싶지 않으니까요"라며 진지한 표정으로 대답했다.

1998년 한 해 동안 경찰 237명이 살해당했다. 월 평균 20명 꼴이다. 1994년의 15명보다 30퍼센트 이상이나 증가한 셈이다. 이 중에서 경찰이 불심 검문을 할 때 충격을 당한 사례가 많았다. 그래서 불심 검문을 할 때는 반드시 총을 들이대고 하라는 지시가 내려졌다고 한다.

"남아프리카공화국에서는 인구의 3배나 되는 총이 있다고 합니다."

"한밤중에 슬럼가를 순찰하는 것은 무섭습니다"

오후 7시 30분, "차량 탈취, 차량 탈취. 장소는 샌튼"이라는 무선이 들어왔다. 샌튼Sandton은 고급주택가다. 순찰차는 사이렌을 울리며 현장으로 달려갔다. 피해자는 50대의 백인 여성으로 자택 앞에서 기다리고 있었다. 그녀는 여름인데도 부들부들 떨고 있었다. 그녀가 집에 도착해서 문을 열려고 차를 세우자마자 총을 가진 남자들이 에워쌌다고 했다.

샌튼 지구에 있는 단독주택들은 어디든지 전류가 흐르는 담장으로 둘러싸여 있다. 그 때문에 강도들은 목표로 삼은 집을 미리 조사해 정한 뒤 그 근처에 숨어서 몇 시간이고 기다린다. 그 집안사람이 돌아와 문을 여는 순간을 노리는 것이다.

그녀가 빼앗긴 것은 흰색 혼다 신형차였다. 그때 "용의자가 고속도로로 도주한 모양이다. 남쪽 소웨토 방면으로 간 것 같다"는 무선이 들어왔다. 고속도로를 시속 220킬로미터로 달려 차량 행렬을 추월하면서 흰색 혼다를 수색했다. 우리는 소웨토까지 달렸지만 찾을 수 없었다.

추적을 그만둔 오후 9시경, "공터에서 남자들이 자동차를 부수고 있다는 정보가 있었다"는 연락이 들어왔다. 장소는 알렉산드리아였다. 소웨토처럼 구 흑인 거주지로 빈곤층이 사는 슬럼이지만 방향은 정반대인 북쪽이다. 가로등도 없는 슬럼가를 순찰차 지붕에 붙은 탐조등으로 비추며 나아가다 결국 도난 차량을 발견했다.

흰색 혼다는 완전히 널브러져 있었다. 모든 부품을 남김없이 떼어가 버렸다. 문짝도 없고 보닛도 없었다. 시트, 타이어, 라디오, 라이트 모두 다 사라졌고 범퍼와 배기가스까지 가져가 버렸다. 자동차 부품을 노린 범행이었던 것이다.

차량 탈취는 최근 남아프리카공화국에서 눈에 띄는 신종 범죄다. 범행 단체가 조직화되어 밀매상의 주문으로 차를 빼앗는 경우가 많다고 한다. 벤츠, BMW, 랜드 크루저 같은 인기 차종은 수시간 안에 국경을 넘어 보츠와나와 모잠비크 같은 인접국으로 가지고 가버린다. 이날 밤 우리 팀이 맡은 차량 탈취사건만 해도 4건이었다.

더욱이 문제는 차량 탈취사건에 살인이 뒤따르는 점이라고 스워트는 말했다. 범인들은 차를 빼앗기 위해 사람을 죽인다. 그 다음에 차가 밀매상의 주문과 다르다는 사실을 깨닫고 방치해두고 가는 일도 있다고 한다. 빈곤층 젊은이들은 교육 수준이 낮고 생명의 소중함에 대해 부모나 선생님에게 배울 기회가 없으니 사람을 아무렇지도 않게 죽인다. 스워트는 "한 밤중에 슬럼가를 순찰하는 것은 솔직히 무섭습니다"라고 말 했다.

우리는 싸움에서 졌다

1998년 한 해 동안 살인 2만 4,588건, 강도 13만 6,834건, 강 간 5만 2,159건이 발생했다. 2001년에는 살인 2만 1,553건, 강 도 22만 8,442건, 강간 5만 2,425건이 발생했다고 남아프리카 공화국 경찰청이 발표했다. 1998년 이후 살인사건은 감소하고 있지만, 그래도 2005년에는 하루 평균 50명이 살해되었다. 강 도와 강간 등 흉악범죄 역시 크게 변하지 않았다. 아니 오히려 더욱더 많은 흉악범죄가 매년 발생하고 있는 것이 문제다. 이 곳보다 인구가 3배나 많은 일본에서 1년에 살인 1,300건, 강도 3,500건, 강간 1,800건 정도이니 남아프리카공화국의 치안 상 황이 아무래도 심상치 않다.

그리고 범죄에 대처하는 정부의 자세에 진지함을 느낄 수가 없었다. 예를 들면 경찰관의 대우 문제다. 일본에서 경찰은 특별 공무원이라서 보통 공무원보다 월급이 높다. 그런데 남아프리카공화국에서는 오히려 지방 공무원보다 20퍼센트 정도 낮다. 이는 지난 1994년 때부터 변함이 없다. 그야말로 정부가 치안 유지에 관심이 없다고 생각할 수밖에 없는 일이다.

경찰직이 위험한데다 저임금이니 그만두는 사람이 많다. 1994년에 10만 명이던 경찰이 2001년에는 8만 9,000명으로 줄었다. 그런데도 정부는 아무 대책도 세우지 않고 있다. 당연히 수사 능력이 저하되어 범죄 기소율도 떨어지고 있다.

한편 민간 조사기관인 '치안문제연구소'의 조사에 따르면 2001년 살인사건의 기소율은 불과 25퍼센트, 강간사건의 기소율은 18퍼센트, 강도사건의 기소율은 4퍼센트일 뿐이고 차량 탈취사건의 기소율은 3퍼센트에 지나지 않는다고 한다. 그러므로 범죄자들이 범행을 저지르고 나서도 죄책감을 느끼기는커녕, 오히려 콧방귀를 뀔 정도다. 이 연구소는 2001년의 연차 보고서에 '우리는 싸움에서 졌다'는 제목을 붙였다. 범죄가 많이 발생하는 것은 국내 투자에 영향을 미쳐 경제발전도 저해한다. 경제가 발전하지 않으면 빈곤은 해소되지 않으며, 빈곤은 범죄를 낳는 악순환으로 이어지고 있다.

전기도 없고, 화장실도 없다

요하네스버그 근교의 구 흑인 거주지 소웨토는 지금도 가난한 사람이 많이 살지만, 그 중에서도 동부 클립타운Kliptown은 가장 빈곤한 지역이다. 다 썩어가는 판잣집에 약 2만 명이 살고 있다. 모잠비크 이주자들처럼 새로 유입되는 사람이 많아 주민자치조직도 생기지 않았다.

이곳에서 가장 큰 건물은 '배터리센터'다. 블록으로 쌓은 2층 건물로 콘크리트 바닥에는 충전기가 진열되어 있다. 이곳은 전기가 들어오지 않으므로 주민들은 텔레비전과 전등의 전원으로 자동차용 배터리를 쓰고 있다. 그리고 이 배터리센터에서 충전을 하는 것이다. 비용은 한 번 충전하는 데 약 100엔인데, 60와트짜리 전등을 밤에 4~5시간만 켠다면 3주일쯤 버틸 수 있다고 한다.

이곳에 전기가 들어오지 않는 이유를 정부는 "전기 요금을 내지 않는 가구가 많기 때문"이라고 한다. 그러나 현지 NGO 지도자는 "정부에 의욕이 없어서"라는 것이다.

수도는 2만 명이 사는 지역에 공동수도가 28군데 있을 뿐이다. 수도꼭지 하나에 700명이 의존하는 셈이다. 아침마다 물을 받으려고 순서를 기다리는 양동이가 20~30개씩 늘어서 있다.

이곳에는 화장실도 없다. 2000년 유럽의 NGO가 이동식 간 이화장실을 기증해주었다. 그것이 10가구에 하나씩 길가에 세워져 있다. 그러나 그것뿐이다. 정부가 관리를 하지 않기 때문에 어느 곳이나 오수가 넘쳐 도로로 흘러내리고 있다.

야당인 민주연합DA(Democracy Association)에 따르면 남아프리카공화국에는 정부예산 외에 4개의 막대한 빈곤대책기금이 있다고 한다. 전 세계 금시장을 지배하는 다국적기업 앵글로아메리칸Anglo American과 다이아몬드로 유명한 디비어스DeBeers 등의 대기업이 출자해서 만든 기금으로 총액이 400억 엔이 넘지만, 정부는 기금 이용 계획조차 세우지 않고 있다. 2000년에는 은행을 중심으로 빈곤대책용 복권이 출시되었다. 그 매출액인 40억 엔도 전혀 손대지 않은 채 그대로 묻혀 있다. 그런 기금은 회계감시가 엄격해서 이권으로 이어지지 않기 때문이라고 DA의 공보관은 말했다.

ANC의 '부흥계발계획'의 골자 중 하나는 '10년간 의무교육은 무료'였다. 확실히 교육은 무료가 되었다. 그러나 아이러니하게도 그 때문에 오히려 아이들의 비행이 늘었다. 학령에 달한 아이들은 모두 학교로 간다. 그러나 그 중 절반 이상이 3학년을 끝으로 학교를 그만두고 만다. 아이들은 교재를 살 돈이 없고 수업을 따라갈 수 없기 때문이다. 부모가 교육에 무관심해서 아이들이 학교를 빠져도 신경 쓰지 않는다. 그 아이들은 동네에 모여 마약에 손을 댄다. 그리고 마약값을 벌기 위해서 소매치기나 날치기를 한다. 또 지역 폭력조직에서 빌린 고리대금을 갚지 못하자 범죄에 빠져든다. 현지 NGO의 간부 중 한 사람은 이렇게 말했다.

"이곳 젊은이들이 폭력조직에 고용되어 어떤 범죄를 저지르고 있는지 정부 관계자들이 들으면 기겁을 할 겁니다."

해방투사도 피할 수 없는 부정부패

한편 ANC 간부의 부패사건이 언론 매체에 자주 보도되었다. 2000년에는 구 흑인 거주지 알렉산드리아에서 ANC 간부가 빈곤층을 위해 마련한 주택건설용 토지를 몰래 사들인 다음, 시에서 대지 구입가격을 높게 책정하도록 공작을 꾸민 일이 발각되어 문제가 되었다. 그러나 그 정도는 시초에 불과했다.

신정부가 들어섰던 1994년, 反아파르트헤이트 운동의 활동가였던 앨런 뵈삭Allan Boesak 목사가 10억 엔이 넘는 공급을 착복했다는 사실이 밝혀졌다. 그는 남아프리카공화국의 영국 교회 목사로 ANC의 유력 지도자다. 일본 NGO의 초대로 일본에도 방문한 적이 있다.

1994년 신정권이 수립되자 목사는 웨스턴케이프Western Cape 주정부의 재정장관으로 임명되었다. 그런데 그가 재임 중에 주재한 '평화와 정의기금'에서 북유럽 NGO에서 기증받은 약 6억 엔의 원조금을 착복했다는 사실이 드러났다. 의회가 이 문제에 대해 추궁하자 목사는 "일시적으로 빌린 것일 뿐이고 이는 다른 사람들도 다 하는 일이다"라고 변명했다. 그런데 그 후 공무를 내팽개치고 미국으로 가서 기금을 모금하고 약 4억 엔의 기금도 불분명하게 사용해 재정장관직에서 사임하라는 압력을 받았다.

ANC 청년부인부의 지도자인 위니 만델라Winnie Mandela 부인도 좋지 못한 소문이 많이 돌고 있다. 1994년 12월 18일, 남아프리카공화국 영자신문 〈선데이타임스〉는 과학기술부 부장관인 위니 만델라가 제트기를 전세 내 앙골라로 다이아몬드를 사러 갔는데 그 전셋값을 떼어먹었다고 보도했다. 위니 만델라는 넬슨 만델라 전 대통령의 부인이었지만, 살인사건에 연루되기도 하고 애인 문제가 표면화되어 이혼을 당하기도 했다.

그 기사에 따르면 위니 만델라는 1993년 6월, 자신이 회장으로 있는 빈곤흑인구제기금의 명의로 민간 항공회사의 제트기를 전세 내 앙골라로 갔다. 조제 에두아르두 두스산투스José Eduardo dos Santos 대통령의 중개를 받아 대량의 다이아몬드를 싸게 구입해서 그것을 남아프리카공화국 수입상에게 팔아 한 몫 벌어들일 계획이었다. 그러나 차질이 생겨 두스산투스 대통령을 만날 수 없어 다이아몬드를 사지도 못한 채 빈손으로 돌아와야 했다. 그 제트기 전셋값 150만 엔 가량을 내지 않아서 항공회사가 그녀를 고소한 것이다.

앨런 뵈삭 목사와 위니 만델라 부인은 그나마 각료급이지만 초대형 거물도 있다. 바로 제이컵 주마 전 부통령이다. 그는 2007년 12월, ANC 전당대회에서 새 의장으로 선출되어 가장 유력한 차기 대통령 후보가 되었지만, 그 직후 무기 거래와 관련해서 프랑스 기업에서 부정한 돈을 받았다는 이유로 기소되었다.

제이컵 주마는 그밖에도 많은 부정부패 사건으로 이름이 오르내리다가 2005년에는 그에게 뇌물을 준 사람이 금고 15년형의 유죄판결을 받자 부통령직에서 경질되었다. 그는 이 사건에서는 기소되지 않았지만, 특별검찰은 그를 1990년대의 무기 발주와 관련해서 수십만 달러의 수뢰 혐의로 기소했다.

ANC는 1912년에 설립된 해방조직으로 80년이 넘는 오랜 세월 동안 힘겨운 해방투쟁을 벌여왔다. 그런 이름 난 해방조직의 지도자들이라도 권력의 자리에 오르면 부패를 피할 수 없는 모양이다. 다만 그 부패가 너무나도 빠르게 이루어졌다는 것이다.

이권만 좋는 해방군 지도자

제2장에서 언급한 짐바브웨의 농사보급원 제도는 아프리카의 여타 나라에는 그 유례가 없는 것으로 상당히 효과적이었다. 1980년대 아프리카에 대가뭄이 휩쓸었던 때에도 사망자가 한 명도 나오지 않았고, 가뭄이 끝나자 곧바로 대풍작을 거두었다. 그런 훌륭한 제도를 부패한 지도자가 망가뜨렸다. 그리고서는 오히려 "나쁜 것은 저놈들이다"라며 책임을 백인 농가에 전가해서 강제로 농장을 몰수했다. 국가의 기간산업인 농업을 단 한 사람의 지도자가 붕괴해버린 것이다.

남아프리카공화국도 마찬가지다. 아파르트헤이트시대의 제도라고는 하지만 이 나라에는 치안을 유지하는 데 효과적인 시스템이 있었다. '플라잉 스쿼드'가 그 일례다. 자신의 위험을 무릅쓰고 범죄를 단속하려는 우수한 경찰이 지속적으로 육성되어 그것이 치안을 안정시키고 건전한 경제 환경을 만들었다. 짐바브웨의 농업과 마찬가지로 남아프리카공화국에서는 치안 유지가 나라의 기간이었다. 그러나 현재 정부 지도자는 경찰의 저임금과 경찰 살해가 횡행하는 일을 거들떠보지도 않고 있다.

귀갓길의 안전이 걱정되어 일에 전념할 수 없는 나라, 외국이 안심하고 투자할 수 없는 나라. 남아프리카공화국은 현재 그런 상태로 나아가고 있다. ANC 지도부도 정치가 잘못된 방향으로 가고 있는데 까딱도 하지 않으니, 어쩌면 이것이 가장 큰 문제이다.

1975년 포르투갈 식민지였던 모잠비크가 독립했을 때, 그 싸움은 '해방투쟁의 모범'이라는 소리를 들었다. 인접국인 탄자니아에서 출격한 해방투쟁군은 마치 진을 빼앗는 게임처럼 차례차례 '해방구'를 만들어나갔다. 해방구에 학교와 병원을 세우고, 농사를 지도하고, 비료를 나눠주는 등 주민과의 신뢰

관계를 쌓아갔다. 해방투쟁군은 그러한 해방구를 점점 넓혀가면서 수도로 진격한 것이다. 그러니 식민지 정부가 도망가지 않을 수 없었다.

그런데 정권을 잡은 해방군 지도자들은 금세 부패해 수도에서 이권을 좇기 시작했다. 견실하게 지역 활동을 계속하던 해방구의 지도자도 자신만 뒤질 수 없다며 해방구를 내팽개치고 이권을 좇아 수도로 올라가 버렸다. 갑작스레 지도자를 잃은 지방은 다시 빈곤한 상태로 돌아갔다. 그러던 차에 남아프리카공화국이 지원하는 반정부군이 그곳에 파고들었다. 독립한 지 불과 10여 년 만에 모잠비크는 진흙탕 같은 내전상태에 빠진 것이다.

지도자들은 왜 부패하는 것일까?

아프리카의 해방투쟁에는 식민지 압정壓政에서 인민을 해방시킨다는 이념이 있었다. 그런데 그런 해방군 지도자가 왜 부패하는 것일까? 첫째는 부족 문제다. 식민지시대의 국경선은 지리와 자연과 주민의 구성에 관계없이 종주국들의 강자 논리로 정해졌다. 그 때문에 국경선 안에는 많은 부족이 섞이게 되었다. 주민들은 영국과 프랑스 등이 만든 그런 '국가'에 관심이 없고 귀속감도 갖지 않았다. 그들이 전통적으로 귀속감을 갖고 의지해온 것은 부족공동체였다.

'식민지 정부와 싸운다'는 커다란 공통의 사명감이 있을 때는 부족 간 대립은 수면 아래로 가라앉아 겉으로 드러나는 일은 없었다. 그러나 그 목표가 달성되자 부족 간의 이해관계가 눈에 띄게 표면화했다. 지도자들이 국가재산을 빼돌려 부족을 위해서 쓰는 것은 오히려 칭찬받아 마땅하다고 여겼다.

좋은 차를 가지고 대저택에서 살면서 부족의 젊은이들을 식객으로 받아들여 먹여준다. 이는 유력한 지도자에게 필요한 '뛰어난 자질'이지만, 국회의원이나 관료의 월급으로는 도저히 감당할 수 없다. 그러니 뇌물이라도 받아 부족 사람들을 보살펴주어야 한다는 문화가 아프리카에는 아직도 뿌리 깊게 남아 있다.

둘째는 아프리카의 독립정부 지도자에게 강한 위기감이 없다는 점이다. 하루라도 빨리 국가를 정비하지 않으면 무력 침공을 받아 사회가 무너질지 모른다는 외부 공격에 대한 위기감이다. 그 때문에 지도자는 빈껍데기 같은 국가 속에 안주할 뿐 국민국가를 형성하려는 노력을 하지 않는 것이다.

앞에서도 언급했지만 메이지유신 직후 일본 정부지도부에는 하루라도 빨리 국가를 형성해서 근대화를 달성하지 않으면 서구 열강과 러시아에 나라를 빼앗길지도 모른다는 공포와 위기감이 있었다. 아편전쟁으로 서구 열강의 먹이가 된 중국을 그들은 똑똑히 지켜본 것이다. 그리고 중국과 러시아와 전쟁을 치렀다. 만일 일본이 그 전쟁에서 패배했다면, 어떻게 되었을까?

그 때문에 지역의 이권다툼에 정신을 팔기보다 모든 국민이 귀속감을 갖는 국민국가를 형성해야만 했다. 그 위기감이 국가 형성을 서두르게 한 것이다. 메이지시대의 정치가나 관료가 뇌물을 받지 않았다고는 볼 수 없다. 그러나 국가 형성보다 뇌물을 우선시하지는 않았다고 생각한다.

아프리카를 사랑하는 대통령은 없다

메이지대학明治大學의 가쓰마타 마코토勝俣誠 교수는 정부 고위층이 이권에만 몰두하고 국가 형성에 무관심한 상태를 '공공성 결여'라고 명명하고 있다. 짐바브웨는 림포푸강과 잠베즈 Zambeze강이라는 큰 하천을 끼고 있다. 그런데도 물과 전력이 부족하다. 정부가 국가를 형성하려는 의지가 없으니, 공공용 수와 전력을 확보하려는 노력도 하지 않아서다.

서아프리카의 나이지리아는 석유 수출로 2006년에 500억 달러가 넘는 외화를 벌어들였다. 그러나 그 대부분은 정부 부처 안에서 어디론가 사라져 결산보고조차 나와 있지 않다. 그리고 국민의 대부분이 빈곤에 허덕이고 있다.

수단, 적도기니, 앙골라 등 아프리카 산유국들에서 경찰관과 학교 교사의 월급이 지급되지 못하는 일은 흔하다. 그리고 10여 년 전에 해방을 이루고 이제 막 권력을 잡은 ANC조차 이권다툼을 벌이고 있다.

남아프리카공화국에서는 2007년부터 전력 부족이 심각한 문제가 되었다. 늘어나는 인구와 도시집중 현상으로 전력 사용량이 급증했기 때문이다. 그래서 요하네스버그와 케이프타운 같은 대도시에서는 정전이 일상사가 되었다. 확실히 예견할 수 있었던 에너지 부족 문제에 정부는 필요한 조치를 강구하지 않았던 것이다. 그런데도 그 담당자가 책임을 추궁당했다는 이야기는 들어보지도 못했다.

또한 남아프리카공화국에서는 2008년에 들어와 도시 곳곳에서 짐바브웨나 모잠비크 사람들을 습격하는 사건이 자주 일어나고 있다. 이는 그 '너희들 탓이다'라는 논리로, "우리가 가난한 것은 외국인 이주자들이 일자리를 빼앗기 때문이다"라는 이유로 습격하는 것이다. 1994년 신정부가 발족한 지 14년이 지났지만, 정부의 빈곤대책이 크게 나아졌다고 볼 수 없다. 그 태만과 직무유기가 부족 간 대립과 민족 대립을 만들어낸 것이다.

현재 아프리카 최대의 문제는 선진국의 무관심과 누적된 채무가 아니라, '공공성 결여' 그 자체다. 나는 30여 년 동안 아프리카 문제를 다루면서 많은 국가 지도자를 만났다. 그들과 인터뷰를 하면서 국가 형성이 더디다고 불안해하거나 초조해하는 지도자를 거의 본 적이 없다. 좀처럼 진척되지 않는 국가 형성에 초조해하고 위기감을 품고 있는 사람은 가나의 제리 롤링스Jerry Rawlings 전 대통령뿐이었다.

언론과 시민이 부정부패와 싸우고 있다

남아프리카공화국은 그래도 다른 아프리카 나라들에 비해 아직 기대할 수 있는 점이 있다. 그것은 신문 같은 언론이 제 기능을 하고 있다는 점과 생활을 향상시키고자 하는 사람들의 의지가 있다는 점이다. ANC의 부정부패에 대해 신문은 활발하게 보도하고 있다. 제이컵 주마의 부정부패에 대해서는 각 언론이 앞다투어 뇌물사건을 보도했다.

> "주마 부통령은 프랑스 무기업체에서 50만 랜드의 뇌물을 받아 자택 건설에 사용했다."
> "주마 부통령은 다른 프랑스 기업에서 100만 랜드의 뇌물을 받았다. 주마는 그것은 뇌물이 아니라 일시적으로 빌린 돈일 뿐이라고 변명했다."
> "전투기 입찰과 관련하여 주마 부통령은 스웨덴 기업에서 3,500만 달러를 받았다."

요하네스버그 중앙역은 1994년에 신정부가 들어섰을 당시 짐바브웨와 모잠비크와 잠비아에서 약 3,000명의 불법 이주자가 들어와 범죄의 온상이 되었다. 외국인 여행자를 습격하여 몸에 걸치고 있는 것을 모조리 벗겨가는 사건도 일어났다. 언론의 비판을 받은 철도회사는 1998년 역사를 개장하면서 경비원 200명을 배치해서 24시간 순찰을 시작했다. 그 덕분에 범죄는 모두 없어져 지금은 안심하고 다닐 수 있게 되었다.

범죄다발지역이었던 케이프타운에서는 시 당국이 현지 기업의 지원을 받아 경찰관을 증원했다. 2인 1조가 되어 약 500미터 간격으로 시내를 24시간 순찰하여 치안을 회복하는 데 성공했다.

악명 높았던 요하네스버그 중심부에서는 재계財界가 앞장서서 감시카메라회사를 설립하여 감시카메라 300대로 시가지를 감시하면서부터 범죄가 크게 줄어들었다. 빈곤 지구인 소웨토와 알렉산드리아에서는 현지 NGO가 범죄를 예방하기 위해 여러 가지 시도를 하고 있다(이에 관한 자세한 내용은 제6장에서 이야기하겠다). ANC 지도부의 부정부패와 이에 대항하는 언론이나 시민의 노력이 지금 아프리카에서는 서로 맞붙어 싸우고 있다.

제 4 장

아프리카에 들어온
중국인들

합법적인 식민지 지배는 가능한가?

지도자가 국가를 형성하려는 노력을 기울이지 않으면 나라에는 무슨 일이 일어날까? 제국주의시대에는 무력이 강한 선진국이 국가 형성이 늦어진 약소국을 침략해서 자국의 영토로 편입시켜 그곳을 식민지로 지배했다. 그들의 목적은 식민지의 자원 반출과 시장화였다.

예를 들어 인도에서는 면화가 반출되었고 종주국인 영국이 그것을 직물로 만들어 인도 시장에 다시 들여와 팔았다. 코트디브아르에서는 카카오가 반출되었고, 카카오농장에서 일하는 노동자의 식량으로 밀가루를 들여왔다. 이런 식으로 콩고민주공화국에서는 구리, 나이지리아에서는 석유가 반출되었다.

현대에 들어와서는 제 아무리 무력이 강해도 국가 형성이 늦어진 약소국에 노골적인 침략은 할 수가 없다. 그러나 무력을 쓰지 않고도 '자원 반출과 시장화'가 가능하면, 합법적인 식민지 지배가 가능해진다. 그것이 '신식민지주의'라고 불리는 시스템이다.

'신식민지주의'와 '코페랑'

아프리카의 세네갈이 독립한 후 프랑스는 원조라는 명목으로 '코페랑coopérant(행정고문)'을 대량으로 들여보냈다. 미숙한 현지 관료는 코페랑에게 완전히 의존하게 되어 정부 행정은 코페랑이 전담하다시피 했다.

1980년대, 아프리카개발은행의 융자로 세네갈강에 댐 3개를 건설하는 사업이 시작되었다. 일본이 최대 출자국인 아프리카개발은행은 세네갈강 유역의 사막을 농지로 바꿔 식량 자급률을 높이려는 목적이었다. 그러나 댐이 완성되었을 때 강 유역의 새로운 농경지는 프랑스의 땅콩기름 회사가 매점하고 있었다. 댐 건설을 알고 있던 건설부와 농업부의 프랑스인 코페랑이 댐 건설 예정지에 대한 비공개 정보를 프랑스 기업에 유출했던 것이다.

농업 예정지가 모두 매점되어 지역 농민의 식량 자급은 더욱 힘들어졌다. 그 결과 농민은 농업노동자로서 프랑스의 땅콩농장에서 일하고 프랑스에서 수입한 밀가루와 쌀을 사서 생활할 수밖에 없는 처지가 되었다. 그런 상황을 초래한 것은 프랑스인 코페랑을 배제하지 않았던 세네갈 정부 지도자의 책임이다. 지도자들이 세네갈을 식민지 같은 상태로 전락시켜버린 것이다. 프랑스인 코페랑은 프랑스어권 아프리카 14개국에 거의 파견되어 세네갈과 비슷한 상황이 나머지 나라에서도 벌어지고 있다.

그리고 현재 아프리카에서는 중국이 신식민지주의의 주역이 되려고 한다. 중국 정부가 아프리카의 석유를 반출하고 중국인 상인이 값싼 중국 제품을 들여와서 그 나라의 시장을 점거하는 방식이다. 아프리카 국가들의 지도자는 자국 산업을 보호하려는 노력을 해야 하는데, 그러한 예는 어디에서도 찾아볼 수 없었다. 오히려 지도자가 중국에 협조적으로 나오고 있다. 그런 지도자 때문에 국가의 부富가 다른 곳으로 수탈되고 있는 것이다. 그런 사례를 우선 남아프리카공화국부터 살펴보겠다.

폭력조직이 노리는 중국인 상점

2006년 2월 5일 일요일, 남아프리카공화국 요하네스버그 국제 공항 근처에 있는 스프링스Springs는 사람들의 왕래가 적었다. 의류잡화점인 'ABC마켓'에도 손님이 없었다. 그곳에 5개월 전에 중국에서 온 지 얼마 안 된 웡치밍翁其明과 그 아내인 천젠칭陳建靑이 가게를 열었다. 오후 4시가 지날 무렵, 흑인 젊은이가 가게에 들어왔다. 진바지를 이것저것 고르더니 웡치밍에게 "입어볼게요" 하고 말하자, 아내인 천젠칭이 탈의실로 안내했다. 얼마 안 있어 다른 흑인 손님이 들어와 진바지를 보고 싶다고 말했다. 웡치밍이 안내하려고 카운터에서 나오자 순간 남자는 권총을 들이댔다.

"돈을 내놔."

두 사람은 한패였던 것이다. 웡치밍은 남자에게 덤벼들었다. 그러나 오른쪽 허벅지에 총을 3발이나 맞고 엉덩방아를 찧었다. 그들은 웡치밍의 팔을 비튼 채 끌고 가 가게 안쪽에 있는 화장실에 가둬버렸다.

웡치밍은 출혈이 심해지자 화장실에서 셔츠를 찢어 지혈을 했다. 그때 "여보, 돈을 가져가고 있어요!"라고 아내가 외치는 소리가 들렸다. 그가 상품을 사기 위해 준비해둔 5만 랜드를 계산대 서랍 속에 넣어두었던 것이다. 잠시 몸싸움하는 소리가 들리더니 총성이 울렸고 다시 가게 안이 조용해졌다.

10분 후, 웡치밍이 가까스로 화장실을 나오자 아내는 부인복 매장 옆에 쓰러져 있었다. 그녀는 머리에 총을 맞아 완전 피투성이였다. 4시 30분쯤 경찰차가 왔지만, 아내는 이미 숨을 거둔 후였다.

부부는 푸젠성福建省 푸칭시福淸市 출신이다. 웡치밍은 광둥廣東에서 운전사 노릇을 했는데, 월수입은 1,000위안에서 2,000위안밖에 되지 않았다.

"그 돈으로는 생활하기가 어려워 아프리카에 가서 새 사업을 시작하려고 했습니다."

2005년 9월, 친척들에게 여비를 긁어모아 부부는 남아프리카공화국에 왔다. 남아프리카공화국을 선택한 것은 푸칭시 출신자가 많았기 때문이다. 그리고 스프링스의 승합택시 터미널 앞에 있는 가게를 빌려 그해 10월에 가게문을 열었던 것이다.

아파르트헤이트시대 말기인 1990년경, 남아프리카공화국에 중국인은 타이완臺灣 출신자가 5,000명 정도 있었을 뿐 중국 출신자는 거의 없었다. 그런데 지금은 '30만 명이 넘는다'고 한다(남아프리카공화국 재류 중국인 단체). 요하네스버그 경찰청에 따르면 폭력조직들이 중국인을 노리고 있다고 한다.

"중국인들은 은행을 이용하지 않고 현금으로 결제합니다. 세금을 덜 내기 위한 자구책이죠. 그래서 그들은 늘 현금을 가지고 다닙니다. 더구나 아프리카 사람들을 상대로 하는 장사라 치안이 나빠도 서민동네에 가게를 냅니다. 그들은 1년 내내 쉬는 날도 없이 일하고 사람의 왕래가 적은 일요일에도 가게를 열고 있지요."

남아프리카공화국에서는 2004년 한 해 동안에만 중국인 22명이 금품을 노린 강도들에게 살해당했다. 천젠칭의 경우와 같은 '중국인 살해'는 중국인의 급증과 더불어 일어나고 있는 현상이다.

© 월드비전

고향 사람들을 연줄 삼아 해외로 떠나다

가게에 쳐들어온 강도들에게 아내를 잃은 웡치밍은 일본에서도 일한 적이 있다. 1995년에 관광비자로 일본에 입국해서 사이타마현埼玉縣의 건설 현장에서 일했다. 그러나 불법 취로가 발각되어 3개월 후에 강제퇴거를 당했다.

아내 천젠칭도 일본에서 일했다. 1998년부터 2년간 도쿄에서 동생이 경영하는 중화요리점을 도왔다. 그녀는 2000년에 귀국해서 어린 시절 친구인 웡치밍과 결혼했다. 천젠칭한테는 언니 2명과 남자 형제 3명이 있었다. 언니 중 한 사람은 싱가포르에서 잡화점을 경영하고, 남자 형제는 모두 일본에 살면서 중화요리점과 미용실을 운영하고 있다.

푸젠성은 타이완과 마주보는 중국 연안지역에 자리 잡고 있다. 가난한 농촌지역이라 돈벌이를 하러 외국으로 떠난 사람이 많다. 특히 푸칭시는 그런 경향이 강해 성인이 되면 해외로 돈벌이를 하러 나가는 것이 당연하다는 풍조가 생겼다. 웡치밍의 고향에서는 약 4,000명의 성인 인구 중 절반인 2,000명이 외국에 나가 있다고 한다. 노인과 가정주부를 제외하면 성인 남녀 전원이 돈벌이를 하러 떠났다고 볼 수 있다.

남아프리카공화국에서도 푸젠성 출신자가 상당히 많다. 한 사람이 성공하면 그 사람을 연줄 삼아 고향 사람들이 잇따라 찾아오기 때문이다. 남아프리카공화국의 푸젠성 사람 사이에는 '연줄 삼아 잇따라'라는 시스템이 이미 만들어졌다고 한다.

　　해외로 돈벌이 하러 떠나는 사람들은 친척이나 지인에게서 5,000달러에서 2만 달러의 밑천을 빌려서 떠난다. 고용인으로 일할 사람은 적은 돈을 빌리고, 직접 사업을 시작하려는 사람은 많은 돈을 빌린다. 빌린 돈은 이자를 붙여 3년 안에 갚는다. 푸젠성 사람들에게 해외로 떠나는 사람들에 대한 지원은 일종의 투자인 셈이다. 웡치밍은 원래는 일본으로 가고 싶었다고 말한다.

　　"일본은 비자받기가 어려워요. 더군다나 나는 한 번 체포된 적도 있지요. 그에 비해 남아프리카공화국은 비자 발급이 간단하고 푸젠성 출신이 많아서 의지가 되었지요."

흑인을 상대로 장사하다

윙치밍이 고향에서 모은 장사 밑천은 약 6,000달러였다. 그는 일용잡화 도매점을 하고 싶었지만, 그러려면 2만 달러가 필요했다.

"도매점을 하면 한 달에 6~7만 달러의 매출을 올릴 수 있어요. 하지만 6,000달러로는 도저히 할 수 없었지요."

결국 윙치밍은 소매점부터 시작할 수밖에 없었다. 스프링스는 요하네스버그 국제공항의 동쪽에 자리 잡은 인구 2만 명쯤 되는 작은 도시다. 예전에는 요하네스버그로 출퇴근하는 백인 노동자들이 살았다. 윙치밍이 그곳을 택한 것은 중국인이 적었기 때문이다.

"스프링스에는 중국인이 모두 14명 있고, 그들은 슈퍼마켓과 레스토랑을 경영하고 있습니다. 그러나 그들은 모두 구 백인 지구에 있지요. 치안이 좋지 않은 흑인 지구에는 경쟁이 될 만한 중국인이 한 사람도 없습니다."

윙치밍의 가게는 흑인 지구의 한가운데인 택시 터미널 정면에 있었다. 남아프리카공화국에서 '택시'란 승합차인 마이크로버스microbus를 말하고 이는 흑인들의 중요한 교통수단이다.

터미널 주변은 번화하고 사람들의 왕래도 많다. 하지만, 소매치기와 날치기와 마약상이 모여 있어 이곳은 범죄가 많은 흑인 지구 안에서도 특히나 치안이 나빴다.

"그래서 나는 이곳을 택한 겁니다. 흑인을 상대로 장사를 하려면 그들이 모이는 장소가 제일 좋으니까요."

부인복을 중심으로 신발, 가방, 텔레비전, 레인지 등의 가전제품까지 무엇이든지 취급했다. 상품은 모두 중국제로 요하네스버그의 중국인 도매업자에게서 구입한다. 상품은 스니커즈가 8달러, 진바지가 6달러 가량으로 아주 싼 가격이다. 이익률은 10~20퍼센트다.

예상대로 가게는 성황이었다. 10월과 11월에는 한 달에 1,800달러의 순이익을 보았다. 12월의 크리스마스 시즌에는 2주도 안 되어 2만 달러어치를 팔아 3,000달러에 가까운 수익을 냈다.

"이곳의 치안이 나쁘다는 것은 각오하고 있었어요."

그러나 아내가 살해될 정도라고는 웡치밍도 생각하지 못한 것이다.

"아내의 유령이 나옵니다"

내가 윙치밍의 가게를 방문한 것은 2006년 3월 초로 살인사건이 일어난 지 한 달 후였다. 윙치밍은 총에 맞은 다리를 치료하기 위해 입원했다가 퇴원한 지 얼마 안 되어 목발을 짚고 아내가 살해된 가게 안을 안내했다.

가게는 폭 10미터, 안길이 15미터 가량 되는 공간으로 기둥도 없고 옷걸이에 걸린 부인복과 진바지가 여러 줄 진열되어 있었다. 벽 쪽에는 신발과 전기제품을 진열하는 진열대가 있었다. 부인복이 걸려 있는 옷걸이 사이의 통로가 살해 현장이었다. 바닥에 깐 리놀륨의 이음매에는 아직도 핏자국이 남아 있었다. 윙치밍은 아내의 유령이 나온다고 말했다.

"밤에 화장실에 가려고 일어나면 부인복 매장 사이에 아내가 쓱 하고 나타납니다. 그런데 내가 말을 걸면 휙 하고 사라져 버려요."

윙치밍은 가게 안쪽을 베니어판으로 가려서 방처럼 꾸며 그곳에서 지내고 있다. 침대만 있는 좁은 공간이다. 화장실은 그 반대쪽에 있어서 가게 안을 가로질러 가야 한다. 내가 가게를 다른 곳으로 옮겨보라고 했더니 그는 내뱉듯이 말했다.

"그렇게 되면 내가 빌린 6,000달러는 어떻게 합니까? 돈을 빼앗겨 버려서 나는 지금 완전히 무일푼입니다. 가게를 옮길 수도 고국에 돌아갈 수도 없어요."

계산대 뒤쪽 창틀에 아내의 사진을 장식해놓고, 윙치밍은 지금도 쉬는 날 없이 장사를 계속하고 있다.

"아들이 죽은 대가로 2,000달러를 내시오"

윙치밍의 아내가 살해된 전날인 2006년 2월 4일, 스프링스에서 북쪽으로 30킬로미터쯤 떨어진 미들랜드 지구에서 또 한명의 중국인이 살해되었다. 미들랜드는 창고 단지다. 그곳 한구석에 있는 창고를 개조해서 중국인이 티셔츠공장을 경영하고 있었다. 건물 2층에 살고 있던 젊은 중국인 노동자 3명이 토요일 오후에 공장의 소형 트럭을 타고 요하네스버그로 영화를 보러 나갔다가 귀가한 시각은 오후 5시 45분쯤이었다.

그들이 공장으로 들어오는 길목으로 접어드는데 뒤에서 흰색 코롤라Corolla가 들어와 경사면에 차를 세우더니 길을 막았다. 차에서 흑인 4명이 내리더니 권총을 들이대며 중국인 노동자 3명을 공장 안 바닥에 엎드리게 했다. 영어가 통하지 않는다는 사실을 알고는 그 중 한 사람이 천징민陳敬敏의 목덜미를 잡고 총을 들이대며 2층에 있는 사무실로 끌고 갔다.

잠시 후 총성이 울리더니 그 흑인이 종이봉투를 쥐고 계단을 뛰어내려와서 동료들과 함께 그대로 차를 타고 달아났다. 남은 두 사람이 2층으로 올라가니 천징민이 사무실 책상 앞 바닥에 쓰러져 있었다. 머리에 총을 맞은 천징민은 즉사했고 바닥은 완전히 피바다였다.

천징민은 산둥성 칭다오青島 교외의 빈농에서 막내로 태어났다. 2004년 11월, 같은 칭다오 출신인 공장경영자를 연줄 삼아 남아프리카공화국에 온 것이다. 공장 2층의 16제곱미터(약 5평) 가량 되는 방에 동료 2명과 살면서 약 400달러의 월급을 받고 일하고 있었다. 함께 습격을 받은 동료 장셴쿠이張憲魁에 따르면 천징민은 월급에서 100달러를 양친에게 보내고 100달러는 저축했다고 한다.

"천징민은 5,000달러를 모으면 도매업을 시작하겠다고 했어요."

천징민은 여비를 포함해서 4,000달러의 자금을 친척과 지인에게서 빌려 남아프리카공화국에 왔다. 그런데 남은 것은 빚뿐이다. 살인사건이 일어난 지 한 달 반이 지난 3월 23일, 천징민의 부친인 천징빈陳敬賓이 아들의 유골을 인수하기 위해 홍콩발 캐세이퍼시픽CathayPacific항공으로 요하네스버그에 도착했다. 오전 6시가 넘어 공항에는 중국대사관 직원과 공장경영자가 나와 있었다.

천징빈은 와이셔츠 단추를 목 언저리까지 채우고 완전히 시골 농부 같은 모습으로 공항 게이트를 나왔다. 대사관 직원을 따라가는 그는 굉장히 불안해 보였다. 그러나 공항의 찻집에 앉자 그의 태도가 싹 변했다. 공장경영자에게 이렇게 다그쳤다.

"아들이 죽은 대가로 2,000달러를 내시오."

천징빈은 장례식을 치르는 등 할 것은 다 해주었다는 공장경영자에게 끝까지 대가를 지불하라고 고래고래 소리를 질렀다. 이른 아침부터 요하네스버그 국제공항에서는 때 아니게 중국어 고성이 오가는 바람에 통행인들이 무슨 일인가 싶어 뒤돌아보았다.

딱 한 명뿐인 중국인 경찰

요하네스버그 경찰청의 경사인 셰위항謝宇航은 그날 아침 공항에서 벌어진 소란의 현장에 있었던 경찰이다.

"모두 큰돈을 빌려 이곳에 돈벌이를 하러 온 겁니다. 그 돈을 다 갚기도 전에 사람이 죽어버렸으니 유족도 곤란한 상황이겠지요."

셰위항은 남아프리카공화국에서 딱 한 명뿐인 중국인 경찰이다. 그는 스프링스의 천젠칭 살인사건 때도 현장에 달려갔다. 2월 5일 저녁, 순찰차를 타고 요하네스버그 시내를 순회하던 중 무선을 받았다.

"스프링스에서 권총 강도사건이 일어났다는 통보가 있었는데, 말을 못 알아듣겠다고 한다. 아무래도 중국인인 것 같다."

셰위항이 사건 현장으로 서둘러 달려갔더니 가게 안은 온통 피가 흥건했고 천젠칭은 이미 사망했다. 그는 사건조서를 꾸미고 현장 상황을 검사하고 목격자를 탐문하는 등 한밤중이 되어서야 모든 일을 끝냈다.

"사실 나 역시 웡치밍이 말하는 중국어는 절반 정도밖에 알아듣지 못합니다. 나는 광둥성 출신이지만 웡치밍은 푸젠성 출신이죠. 푸젠성 사람들의 말은 알아듣기 어려워요."

웡치밍은 영어를 거의 못한다. 그는 제일 먼저 달려온 경찰이 중국인이라는 사실이 굉장히 기뻤는지 셰위항을 완전히 의지했다.

"매일 밤 2시쯤 되면 아내의 유령이 나온다며 내 휴대전화로 전화를 하는 통에 정말이지 죽을 맛입니다."

그는 2004년에 경찰이 되었다. 당시 남아프리카공화국의 중국인 인구는 이미 10만 명을 넘어 계속 증가하고 있었다. 그는 경찰이 되자마자 대부분의 중국인이 언어 문제로 경찰과 의사소통이 되지 않아 곤경에 처해 있다는 사실을 알게 되었다. 그래서 셰위항은 중국대사관에 가서 이렇게 제안했다.

"중국인 사회와 남아프리카공화국 경찰 간에 연락센터를 만드는 게 어떻습니까?"

셰위항의 제안으로 결국 그 해 말, '중국인경찰협력센터'가 만들어졌다. 장소는 요하네스버그 근교에 있는 중국인상공회의소의 한 사무실이다. 24시간 출동 태세로 중국인들에게 걸려오는 긴급전화를 받고 그것을 다른 경찰에게 전한다. 비용은 중국인동포협의회 등 중국인 사회의 여러 단체가 마련했다. 셰위항은 남아프리카공화국 경찰 신분을 그대로 유지하면서 센터에 주재하는 경찰이 되었고 월급도 센터에서 받는다. 셰위항은 광둥성 출신이지만, 13세가 되던 1990년에 7명의 가족과 함께 남아프리카공화국 요하네스버그로 이주했다.

"아버지는 호안석虎眼石 딜러로 다이아몬드 연마기술도 갖고 있었지요. 다이아몬드 산지인 남아프리카공화국에서는 아파르트헤이트가 끝나던 중이라 중국인에 대한 인종차별도 없어졌습니다. 그래서 아버지는 아마도 사업할 기회라고 생각했던 모양입니다."

그는 영어 실력을 좀더 키우기 위해서 17세에 캐나다에 있는 고등학교로 유학을 갔다. 그의 이모가 몬트리올에 있었기 때문에 2년 동안 캐나다에서 살면서 완벽한 영어를 익혔다. 그리고 1995년에 남아프리카공화국으로 돌아와 호텔전문학교에 들어갔다. 1997년에 학교를 졸업했지만 호텔 일은 적성에 맞지 않았다.

그는 아버지가 하는 보석 거래를 돕기도 하고 친구의 소프트웨어 회사에서 일하기도 했다. 그러다가 2002년에 아버지한테 자본금을 빌려 가게를 열었다. 일본제 완구와 게임소프트웨어 전문점이었다. 그러나 이 무렵부터 값싼 중국 제품이 남아프리카공화국 시장에 넘쳐나기 시작했다. 일본 제품의 절반도 안 되는 가격이라 도저히 상대가 되지 않았다. 2003년에 결국 그는 가게문을 닫을 수밖에 없었다.

세위항이 경찰관이 된 것은 꾸준히 밀려드는 중국인들과 남아프리카공화국 사이에서 중간 구실을 할 수 있지 않을까 싶어서였다. 남아프리카공화국을 통틀어 중국계 경찰관은 모두 5명이다. 그러나 그들은 어디까지나 '중국계 남아프리카공화국인'이지 중국인이 아니다. 중국 국적의 경찰관은 오직 세위항뿐이다. 따라서 그는 나름 의미가 있다고 생각했다.

그러나 세위항은 물밀듯 몰려오는 중국인들을 혼자서는 도저히 감당할 수 없었다. 요하네스버그의 차이나타운은 점점 커지고 있다. 중국어 간판이 즐비한 주택가나 상업 지구가 요하네스버그 주변만 해도 10군데가 넘는다. 따라서 사건사고가 계속 늘고 있는 실정이다.

해마다 늘어나는 중국인

세위항의 제안을 받고 '중국인경찰협력센터' 설립을 중국대사관 측에서 담당한 사람은 재류 중국인 담당 일등서기관인 리

쥔李軍이었다. 그는 출신지별로 흩어져 있던 중국인 사회를 돌아다니며 지원금을 내겠다는 약속을 받아냈다. 리쥔조차 현재 남아프리카공화국에 중국인이 어느 정도 있는지 그 수를 파악하지 못했다.

"중국인이 늘기 시작한 것은 1991년 아파르트헤이트가 완전히 폐지되고 나서입니다. 그러나 정확한 인원은 아무도 모릅니다. 내 생각으로는 10만 명쯤 되지 않을까 싶은데, 중국인 경찰협력센터에서는 30만 명이라고 합니다. 관광비자로 와서 눌러앉은 사람들은 우리로서도 파악하기 어렵습니다."

홍콩과 요하네스버그 사이에는 하루 2대의 직행편이 있다. 캐세이퍼시픽항공과 남아프리카항공으로 둘 다 약 250석이 있는 여객기다. 그런데 그 여객기가 날마다 거의 만석인 채 남아프리카공화국으로 날아온다. 그 2편의 승객 중 약 400명이 중국인이고, 그 가운데 10퍼센트 안팎인 40명 가량이 남아프리카공화국에 그대로 눌러앉는다. 그렇다는 것은 단순하게 계산해도 연간 1만 5,000명씩 중국인이 늘어난다는 이야기다.

"그래도 최근에는 증가 추세가 약간 둔해졌습니다. 지금은 중국인들이 나이지리아나 앙골라로 들어가지요."

두 나라 모두 서아프리카의 산유국이다. 재류 중국인의 안전을 지키는 데 '중국인경찰협력센터'는 큰 도움이 된다. 경찰서 전화번호나 응급실 전화번호는 몰라도 센터의 긴급전화번호를 모르는 중국인은 없었다. 특히 셰위항의 존재가 컸다. 그는 사건이 일어나면 제일 먼저 현장으로 달려가 중국어로 하는 이야기를 들어주었다. 그러나 계속 늘어가는 중국인을 셰위항 혼자서 담당하기는 도저히 무리였다. 셰위항 같은 중국인 경찰을 늘리고 싶다고 리쥔은 말했다.

"그런데 문제는 영어입니다. 영어를 할 수 있는 중국인은 죄다 다른 일을 하고 있는 겁니다."

요하네스버그 최대의 차이나타운은 동부에 있는 시릴딘 Cyrildene이다. 도로를 끼고 10미터 가량 중화요리점, 여행대리점, 식품슈퍼마켓, 휴대전화점 등 40개의 상점이 죽 늘어서 있다. 그 차이나타운에 2005년 감시탑이 생겼다. 도로 양 끝 입구에 철판을 붙인 높이 4미터 정도의 감시탑이 두 군데 생긴 것이다. 감시탑에는 총을 차고 있는 남아프리카공화국인 경비원이 24시간 경비를 서고 있다.

셰위항은 최근 중국인 간의 범죄가 늘고 있다고 말한다. 그것을 방지하기 위한 감시탑이라고 한다. 식사하러 온 중국인 손님들의 고급차를 훔치거나, 식사를 마치고 돌아가는 부유한 중국인의 뒤를 밟다가 인적 없는 곳에서 유괴하는 그런 범죄를 저지르는 범인이 중국인인 것이다.

남아프리카공화국에 들어오는 모든 중국인이 성공하는 것은 아니다. 거액의 돈을 빌려 남아프리카공화국에 왔지만 사업에 실패한 사람이나 일자리를 잃은 사람들도 당연히 있다. 게다가 남아프리카공화국에는 중국 폭력조직도 이미 들어와 있다. 고향에서 빌린 돈을 갚지 못하고 폭력조직에 돈을 빌려 그대로 범죄조직에 끌려가는 사람도 많다. 유괴, 고문, 마약 관련 사건이 최근 들어 급증하고 있다.

전복견이 등장하다

남아프리카공화국에서는 날로 늘어만 가는 중국인 범죄를 방지하기 위해 급기야 특수 경찰견까지 등장했다. 바로 '전복견鮑鰒犬'이다. 공항에서 볼 수 있는 '마약견'의 일종으로 불법으로 잡은 전복을 적발하기 위해 특수 훈련을 받은 경찰견이다. 초대 전복견은 타미라는 암컷 보더콜리였다. 1998년부터 활동하기 시작해서 2005년에 9세로 죽기까지 40억 엔 상당의 전복

을 찾아냈다.

　케이프타운 서북쪽에 있는 대서양 쪽 해안은 온통 바위투성이인데, 그 바위들에 다시마가 빼곡히 붙어 있었다. 그 다시마를 전복이 먹고 자라고 있었다. 남아프리카공화국 사람들과 서양인들은 전복을 별로 먹지 않아서 킬로그램당 1,000엔 정도로 값이 저렴하기 때문에 전복잡이에 그다지 관심을 갖지 않는다. 그 때문에 1990년대에는 커다란 전복을 얼마든지 딸수 있었다.

　나는 1997년에 이 지역 어촌을 방문해서 전복잡이를 본 적이 있었다. 잠수복을 입은 어부가 스노클snorkel을 입에 물고 다시마가 군집해 있는 바위 쪽으로 잠수했다. 그래봤자 바위에서 불과 3미터 정도로 수심은 허리께 정도밖에 되지 않았다. 어부는 2~3분 만에 양손에 커다란 전복을 쥐고 수면 위로 올라왔다. 전복잡이라기보다는 굴러다니는 전복 중에서 큰 것만을 골라 주웠다는 느낌이었다.

　그러던 것이 현재는 전복이 전혀 잡히지 않는다. 송두리째 쓸어가는 불법 어업행위로 전복이 사라져버린 것이다. 전복잡이에는 연간 580톤이라는 어획 규제가 있다. 또 껍질이 14센티미터 이하인 전복은 잡지 못한다는 규제도 있다. 그러나

2005년 불법 어업행위로 잡은 전복은 환경보호단체의 조사에 따르면 1만 7,000톤이 넘었다고 한다. 적정 어획량의 30배나 된다. 전복은 성장이 더딘데, 번식 연령에 달하려면 7년이 걸리고 껍질이 14센티미터가 되려면 12년이나 걸린다. 그런데도 밀어꾼들은 전복 크기와 관계없이 모조리 잡아버리는 것이다.

밀어꾼들은 다른 지역에서 온 사람이다. 망을 보는 사람이 비닐로 방수된 휴대전화로 문자 메시지를 보내 연락을 취한다. 감시자가 오면 수면 위로 나오지 않거나 어획물을 바위 그늘에 숨겨놓고 수면 위로 나오므로 검거하기가 어렵다. 더구나 대부분 전복을 밤중에 잡기 때문에 적발하기가 어렵다. 그래서 전복견이 등장하게 된 것이다.

2006년 3월 8일 오전 8시가 안 되어 웨스턴케이프 주 스탠퍼드 경찰에 불법 어업행위에 관한 통보가 들어왔다. 연락을 받은 웨스턴케이프 경찰 본부의 다니 무니크 경감이 이끄는 경찰견 부대가 출동했다.

오전 10시가 지나서 현장인 해안에 도착했지만 아무도 없었다. 다니 무니크는 전복견인 제임스의 개줄을 풀었다. 제임스는 타미의 뒤를 이은 전복견으로 여덟 살 먹은 수컷 보더콜리다. 제임스가 달려간 바위 그늘로 가보니 눈에 띄지 않는 장소에 소형 트럭이 세워져 있고 제임스는 그 옆에 오도카니 앉아 있었다. 전복견은 전복을 발견하면 그 근처에 앉아 있거나 엎드려 있도록 훈련을 받는다.

경찰들이 트럭에 실려 있는 어망 아래를 조사하니 생전복이 들어 있는 망자루가 8개나 나왔다. 모두 40킬로그램 가량 되고 시장 가격으로 치면 40만 엔어치나 되는 양이었다. 트럭 소유주는 인근 어촌의 어부였다. 경찰이 어부의 집을 급습하니 6톤 가량의 건조된 전복이 눈에 띄었다. 1억 엔어치 정도 되는 양이다. 헛간에는 전복을 쪄서 건조시킬 수 있는 찜통과 건조기 등이 갖추어져 있어 마치 공장 같았다.

어부는 11월부터 이듬해 2월까지인 여름 동안 날마다 잠수해서 40~50킬로그램의 전복을 잡아 건조시키고 있었다. 그것을 중국인 수입상이 정기적으로 집하하러 온다고 한다. 어부의 진술로 케이프타운에 사는 중국인 수입상을 체포했다. 그러나 그 수입상은 단순히 운반책에 불과하고 배후인 밀수조직은 적발하지 못했다.

밀어꾼들이 전복견에 현상금을 걸다

2000년 2월, 남아프리카공화국 경찰은 홍콩 밀수조직이 항공편으로 건조 전복을 반출하려고 한다는 정보를 접했다. 초대 전복견인 타미가 요하네스버그 국제공항으로 파견되었다. 전복은 소량으로 나누어 비린내가 나는 건어물 상자에 담겨 여러 날에 걸쳐 출하되었다. 타미는 3주일 동안 공항에 근무하면서 총 1,300킬로그램의 전복을 찾아냈다. 건조 전복은 중국에서 1킬로그램에 약 1만 5,000엔에 거래된다. 따라서 타미는 3주일 동안 2,000만 엔어치의 전복을 찾아낸 것이다.

불법 어업행위로 잡은 전복이 급증한 것은 중국인들이 들어오기 시작한 1990년대 초부터였다. 그때까지는 그런 일이 전혀 없었는데, 1994년에는 압수한 전복이 2만 개이더니 2002년에는 95만 개가 넘었다. 다니 무니크는 "불법 어업행위로 잡은 전복은 아마 적발된 전복의 4배가 넘을 겁니다"라고 말했다.

그에 따르면 웨스턴케이프 주에만 밀어꾼 조직이 200개 가량 있다고 한다. 솜씨가 좋은 밀어꾼들은 하룻밤에 약 80개의 전복을 잡는다. 껍질 크기가 20센티미터쯤 되는 생전복 1개의 무게는 약 1킬로그램이나 된다. 중국인 수입상은 킬로그램당 약 3,000엔을 주고 사들인다. 밀어꾼들은 하룻밤에 약 25만 엔을 벌어들인다고 볼 수 있다. 그 전복을 건조시키면 중국에서는 킬로그램당 1만 5,000엔에 거래된다. 그러니 중국 밀수조직이 전복에 눈독을 들이는 것도 당연하다. 그들은 웨스턴케이프 주의 생물 환경 따윈 신경도 쓰지 않는다. 전복이 있으면 잡을 수 있을 만큼 잡아들이고 전복이 없어지면 그만이다.

전복견 제임스는 2005년 한 해에만 20억 엔어치의 전복을 적발했다. 그 이듬해는 3월 8일의 사건으로 이미 1억 엔이 넘는 전복을 찾아냈다. 다니 무니크는 "나보다 돈벌이가 훨씬 좋은 놈이에요"라고 말했다.

중국 밀수조직은 경찰의 대대적인 단속으로 상당한 타격을 받은 모양이다. 다니 무니크에 따르면 밀수조직은 제임스를 살해하기 위해 약 100만 엔의 현상금을 걸었다고 한다. 그 때문에 제임스가 출동할 때는 호위견인 셰퍼드가 반드시 동행해서 제임스의 신변을 경호하고 있다.

요하네스버그의 '차이나마트'

요하네스버그 남부의 벌판에 중국 제품 도매센터인 '차이나마트'가 새로 들어섰다. 6만 제곱미터(약 1만 8,000평)가 넘는 광활한 대지에 벽돌 외장이 깔끔한 2층 건물이 3동 있고, 각 동마다 의류와 일용잡화 도매점이 100개씩 입점해 있다. 남아프리카공화국 전체 8개의 도매센터 중 가장 최근에 들어선 곳이다.

이곳에 입점한 300개의 도매점은 경영자가 모두 중국인으로 의류, 신발, 가방, 가전제품, 주방용품 등 중국 제품을 팔고 있다. 점포의 크기는 폭 10미터, 안길이 15미터 가량이다. 빼곡히 들어선 진열대에는 견본상품이 진열되어 있고 벽 쪽으로는 상품을 담은 상자가 천장까지 쌓여 있다. 칼과 라이터와 완구 등의 잡화를 취급하는 쉬딩하이徐定海는 이 센터가 개점한 2004년에 들어왔다.

"한 달에 30만 랜드 가량 팔리는 것 같습니다."

그는 12미터 컨테이너 1대 분량의 상품을 한 달에 한 번 중국에서 들여와 1개월에 거의 다 팔아치운다. 600만 엔의 매상에 대한 경비는 대략 상품 원가가 300만 엔, 수송비가 100만 엔, 관세가 100만 엔이다. 나머지 100만 엔에서 점포 구입 대부금과 빌린 자본금 변제를 공제하면 수중에는 10만 엔 정도 밖에 남지 않는다. 그러나 쉬딩하이는 기운차게 말했다.

"장사는 점점 잘 되고 있어요. 이런 식으로 나가면 10년 후에는 지금의 10배가 될 겁니다. 그때쯤 되면 대부금과 빚도 모두 청산해서 순이익도 늘 겁니다."

이곳은 손님이 끊이질 않았다. 구 흑인 거주지에서 온 흑인 잡화점 주인이나 약 60킬로미터 떨어진 남아프리카공화국의 수도 프리토리아Pretoria에서 온 백인 상인들도 찾아온다. 저 멀리 1,500킬로미터 남쪽에 있는 케이프타운에서 찾아온 수입상도 있었다. 남아프리카공화국뿐만 아니라 나이지리아나 가봉 등 아프리카의 다른 나라들에서도 물건을 구입하러 사람들이 찾아온다고 한다.

쉬딩하이는 상하이 출신이다. 1992년, 29세에 남아프리카공화국으로 왔다. 그는 시안西安에 있는 시베이공업대학西北工業大學에서 자동차공학을 전공했다. 학과 동기 5명 중 3명은 일본의 부품회사에 취직했다. 그도 일본에 가길 희망했지만 비자를 얻지 못했다. 한동안 그는 상하이의 자동차 수리공장에서 일했지만, 월 2만 엔 정도의 월급으로는 생활하기 어려웠다. 그래서 그는 남아프리카공화국에 가야겠다고 마음먹었다.

남아프리카공화국에는 일본차가 압도적으로 많으니 일본에서 자동차 부품을 수입하는 사업을 하겠다고 생각한 것이다. 그러나 자동차 부품은 수입 절차가 까다로운데다 세금이 높았다. 반면 완구 같은 잡화라면 수입하기가 손쉬웠다. 그러다 보니 어느 샌가 잡화 수입이 본업이 되고만 것이다.

차이나마트의 점포 매입가격은 2,000만 엔이다. 쉬딩하이는 중국계 은행에서 10년 상환을 조건으로 융자를 받았다. 거금이지만 월 600만 엔 정도의 매상을 올리면 어떻게든 꾸려 나갈 수 있다고 생각했다.

현재 요하네스버그에는 중국인 도매센터가 8곳이나 생겼고 그곳에 입점한 점포는 2,000개가 넘는다. 서민 대상의 의류와 가방 등 저가상품의 도매업은 중국인 상인이 거의 제패했다. 남아프리카공화국에는 백인 도매업자도 있지만, 그들이 취급하는 상품은 주로 백인을 상대로 하고 있다. 진바지 하나에 4,000~6,000엔이니 흑인 저소득층은 살 수가 없다.

한편 흑인을 주 고객으로 하는 상점은 대부분 인도인이 경영하고 있다. 진바지를 1,000엔 정도에 살 수 있지만 거의 중고다. 아프리카 사람들은 멋내는 것을 좋아해서 중고 의류는 좋아하지 않는다. 쉬딩하이가 말했다.

"남아프리카공화국에서 흑인은 전체 인구의 80퍼센트인 3,500만 명이나 됩니다. 그런데 지금까지는 백인이고 인도인이고 그런 큰 시장에 그다지 관심을 갖지 않았습니다."

그러던 차에 중국 상품이 한꺼번에 들어왔고, 흑인들은 신제품인 진바지를 800엔에 살 수 있었다. 중국인 도매업이 남아프리카공화국에서 급속한 성장을 이루는 이유가 바로 여기에 있다.

차이나시티와 차이나마트

요하네스버그에서 제일 먼저 생긴 도매센터는 1995년에 들어선 '차이나시티'다. 요하네스버그 번화가 동쪽에 2010년 월드컵 주경기장인 엘리스파크 스타디움이 있는데, 그 근처에 커다란 건물 2동이 세워져 있다.

그 안에는 도매점들이 꽉 들어차 있는데, 점포 수가 500개에 이른다고 한다. 그곳 상점마다 견본상품으로 가득 차 있다. 점포를 다른 상인과 공동으로 사용하거나 일부를 다른 업자에게 빌려준 상점도 있다. 나는 핸드백 가게에 잠시 들어갔다가 거래가 이루어지는 광경을 목격했다.

빨강과 파랑 광택이 나는 플라스틱 스팽글이 붙어 있는 청소년용 포셰트백bag은 45달러라는 가격표가 달려 있다. 그것을 손에 쥐고 바라보고 있던 인도계 손님이 물었다.

"이것은 얼마에 됩니까?"

가격표가 있는데 숫자를 못 읽나 싶었더니 그게 아니었다. 인도계 손님은 소매상으로 가격 인하를 요구하고 있었던 것이다. 가게 안에 있던 중국인 여성이 "몇 개나 살 건데요?" 하고 영어로 물었다. "1,000개"라고 소매상이 대답했다. "그렇다면 25달러"라고 하자, "좋아요. 차에 실어줘요"라고 말했다. 그 가게에서 총 2만 5,000달러짜리 거래가 성사되는 데 채 1분도 걸리지 않았다. 이런 거래가 어느 가게에서나 이루어지고 있었다.

그러나 차이나시티도 5년 여 동안 파리만 날렸던 모양이다. 차이나시티가 급속히 성장하기 시작한 것은 2000년경부터라고 한다. 가격이 싼데다 어떤 상품이든 갖추어져 있다는 소문이 남아프리카공화국의 모든 소매점에 퍼졌기 때문이다.

차이나시티의 호황을 좇아 2003년부터 중국 상품 도매센터가 잇따라 생겼다. 요하네스버그 서부의 '드래건시티'가 약

300점, 동부의 '오리엔탈시티'가 약 300점, 중앙부의 '아시아시티'가 50점, '차이나스퀘어'가 20점, 남부의 '레드호스'가 150점, '아프리카 트레이드센터'가 300점, 여기에 '차이나마트' 300점을 더해 시내 8군데에 총 2,000여 개의 중국인 도매점이 북적거리고 있다.

중국인이 도매시장을 제패했다

잡화 도매상인 쉬딩하이가 차이나마트에 가게를 열기로 한 것은 최대 도매센터였던 차이나시티의 평판이 떨어지기 시작해서다.

"차이나시티의 가게는 통로를 창고 대신으로 삼아 위험하고, 주차장이 좁아 상품을 내리기 힘듭니다. 무엇보다도 주변의 치안이 최악입니다."

이렇게 조건이 나쁜데도 중국인 소유주는 임대료를 일방적으로 인상했다. 이에 불만을 품은 도매상인들이 공동으로 출자해서 새롭게 건설한 것이 '차이나마트'다. 현재 차이나마트의 고객 수는 차이나시티의 3분의 2 정도 수준이지만 급속한 성장을 이루고 있다. 이렇게 중국인 간의 경쟁이 전체 매출액을 한층 더 올리는 효과를 보고 있다. 그런데 흑인 상인들은 도매업계에 참여하지 않는 것일까? 내 의문에 쉬딩하이는 딱 잘라 말했다.

"그들에게는 자본이 없어요. 우리는 동포끼리 자본을 빌려주는 시스템이 정착되어 있지요."

게다가 흑인 상인들은 장사 노하우가 없다고 말한다.

"우리는 소매점을 돌아다니며 남아프리카공화국 흑인 소비자들에게 무엇이 팔릴지 철저하게 연구하고 있죠. 상품이 팔리지 않으면 그야말로 큰 손해니까요. 흑인 상인들은 그런 요령을 배울 마음이 없는 것 같아요. 그들은 물건이 잘 팔릴 때도 재고가 바닥나기까지 추가 주문을 하지 않아요. 하지만 다음 상품이 도착하려면 시간이 걸리는데 그 사이 팔림새는 바뀌고 맙니다."

그리고 무엇보다 결정적인 것은 상품을 싸게 구입할 수 있는 경로를 갖고 있지 않다는 점이다. 중국의 생산 현장과 직결되는 중국인 도매상과는 애초부터 경쟁이 되지 않는다는 것이다. 도매업에서는 남아프리카공화국 정부가 개입하지 않는 한 중국 상인들의 천하가 계속 이어질 것이다. 쉬딩하이는 그렇게 전망했다.

중국에는 2억 명의 잉여 노동력이 넘쳐나서 해외로 나갈 기회만 엿보고 있다. 그러나 그것은 선진국에는 맞지 않는다. 선진국은 경제구조가 이미 완성되어 있어 파고들어갈 공간이 그다지 없기 때문이다. 그래서 정부가 자국의 경제를 보호하지 않는 지역, 즉 저개발국으로 흘러들어간다.

요하네스버그의 유력지 〈더 스타The Star〉는 "차이나시티는 2005년 12월 중순, 크리스마스 기간인 2주일 동안 10억 달러의 매출을 올렸다"고 보도했다. 차이나시티에는 500개의 도매점이 들어가 있다. 다른 도매센터에서도 비슷한 실적을 올렸다면, 시내 8군데 총 2,000여 개가 넘는 중국인의 도매업계는 2주일 만에 40억 달러의 매출을 올렸다고 볼 수 있다.

남아프리카공화국의 저가상품 도매시장은 중국 상인이 제패했다. 중국의 도매업은 남아프리카공화국의 유통업계 전체에서 어떤 위치를 차지하고 있을까? 나는 수도 프리토리아에 있는 남아프리카공화국 통산부를 방문했다. 그런데 정작 통산부는 아무런 정보도 갖고 있지 않았다. 통산부 공보 담당자는 이렇게 말했다.

"도매업자의 국적별 매출액 같은 통계상의 항목은 없습니다."

　그는 차이나시티라는 중국인 도매센터가 있다는 사실은 알고 있지만, 가본 적도 없고 그곳이 어디에 있는지조차 모른다고 했다. 중국인 도매센터가 모두 합해 8곳이고, 그 안에 점포가 2,000여 개가 있다는 사실도 몰랐다.

아프리카 사람들의 취향을 연구하라

아프리카 남부에 있는 앙골라는 2002년에 내전이 끝났다. 사회기반시설이 제대로 구비되지 않아서 수도인 루안다Luanda에서조차 매일같이 정전이 일어난다. 그런 나라에조차도 중국인이 들어가 도매업을 하고 있다.

　루안다 시내 상파울루 지구에 도매시장이 늘어나고 있다. 점포의 수는 약 120개지만, 점포 하나를 여러 상인이 공유하고 있어 1,000명 가량의 도매상이 있다. 그 가운데 약 300명이 중국인이다. 2002년까지는 이곳에 중국 출신은 단 한 명도 없다.

　쉐위핑薛裕平이 운영하는 신발도매점은 폭이 10미터 정도

되는 가게다. 벽 쪽에는 한 상자에 신발 20켤레씩 들어 있는 종이박스가 천장까지 쌓여 있다. 가게 안쪽은 2층으로 되어 있고 그곳도 종이박스로 가득했다. 쉐위펑은 앙골라가 남아프리카공화국보다 돈벌이가 잘 된다고 말한다.

"중국에서 한 달에 한 번꼴로 12미터짜리 컨테이너에 실린 신발을 구입합니다. 그 안에 종이박스 300개가 들어 있지요. 그것을 다 팔면 약 700만 엔쯤 됩니다."

그는 상하이에서 철강공장 노동자로 일했다. 그러나 월급이 2만 엔 정도밖에 안 되어, 한몫 벌고 싶어서 아프리카로 건너왔다. 지인에게서 앙골라에서 지내는 것은 힘들지만 "그만큼 경쟁도 적다"는 이야기를 들었다. 자본은 그 지인에게서 빌리고 루안다에 있는 상점도 소개받았다. 그에게 빌린 돈은 3년 안에 갚기로 했다.

가게는 중국인 세 사람이 같이 쓰고 있다. 항저우杭州와 상하이 출신자로 그 두 사람도 같은 지인이 소개해주었다. 그는 한 달에 30만 엔 가량의 이익이 난다고 한다. 아파트 하나를 빌려 세 사람이 같이 살고 있고, 아내에게 20만 엔 가량을 송금한다.

"더위요? 힘든 겨울만 아니면 상관없어요!"

그는 이렇게 너스레를 떨면서, 아프리카 사람들의 취향을 연구하는 게 장사 요령이라고 한수 가르친다. 그리고 제품은 신제품이어야 하고 디자인 감각이 좋아야 한다. 앙골라 사람들의 취향에 맞는 것을 구입하면 한 달에 컨테이너 2대분의 상품을 파는 일도 가능하다고 한다.

그의 가게 바로 옆 매장은 중국인이 하는 핸드백 가게다. 아침 8시에 개점하자마자 앙골라인 소매 상인들이 들이닥쳐 조금이라도 좋은 물건을 고르려고 혈안이었다. 그 중에서도 젊은 여성용 핸드백이 인기였다. 내가 잠시 지켜보니 빨강과 파랑 스팽글이 붙어 있어 반짝거리는 가방이 날개 돋친 듯 팔려나갔다. 남아프리카공화국의 차이나시티에서 본 것과 같은 상품이었다.

앙골라는 살기 힘든 곳이다. 하루에 10시간 넘게 정전이 일어난다. 날씨가 더운데도 에어컨을 켤 수가 없다. 또 산유국이라서 물가가 비싸다. 호텔이 적어서 그런지 시설이 좋지 않은 곳도 하룻밤 숙박료가 200달러나 한다. 교통 체증은 만성적이고 관료들의 부패도 심해서 거액의 뇌물을 요구한다. 인허가 절차가 복잡하고 일이 비능률적이다.

쉐위핑에게 자본을 빌려준 사람은 타이완 사람인데, 그는 앙골라에 살지 않는다. 앙골라는 환경이 열악해서 살지는 못하고 자본만 대는 것이다. 그리고 오로지 몸이 밑천인 헝그리 정신만 왕성한 중국인들이 그곳에 모여들고 있다. 중국인은 대부분 사업 수완이 좋고 성취욕도 대단하다. 그들의 그런 에너지가 중국의 통제적인 시스템 사회로 인해 억눌려 있는 것이다. 결국 중국 사회가 중국 사람들을 국외로 밀어내고 있다는 이야기다.

앙골라 노동자는 고용하지 않는다

중국인 상인들이 개인적 차원에서 아프리카에 들어오는 거라면, 앙골라에는 중국이 정부 차원에서 들어오고 있다. 물론 풍부한 석유가 목적이다. 앙골라의 석유 매장량은 80억 배럴이라고 한다. 아프리카 사하라 이남에서는 나이지리아 다음 가는 산유국이다. 급격한 근대화로 에너지 확보에 위기감을 갖고 있는 중국이 여기에 눈을 돌린 것이다.

2004년 10월, 중국이 앙골라에 정부개발원조 명목으로 20억 달러를 융자해주고, 앙골라는 날마다 석유 1만 배럴씩 17년 동안 변제한다는 계약을 체결했다. 중국의 융자 내용은 '주택건설과 도로와 철도 보수'였다.

그런데 20억 달러 융자프로젝트 대부분을 중국의 국영기업이 수주했다. 중국 기업은 본국에서 노동자를 모조리 데리고 와서 공사를 시작했다. 설비와 자재도 모두 중국에서 가져왔다. 그들은 앙골라 노동자를 고용하지 않고 앙골라에 돈도 쓰지 않았다. 중국이 융자해준 20억 달러는 중국인 노동자의 월급과 자재값으로 다시 중국으로 흘러들어갔다.

루안다 북쪽으로 30킬로미터 떨어진 벌판에 중국의 원조로 착수한 빈곤층을 위한 주택 1만 호를 짓는 건설 현장이 있다. 함석지붕을 얹은 블록 단층집으로 2005년에 공사가 시작되었다. 공사는 모두 중국에서 건너온 노동자들이 했고, 현장 바로 옆에 노동자들의 합숙소가 있었다. 세로 300미터, 가로 150미터 가량의 대지는 철조망 울타리로 둘러쳐 있고 그 안에 조립식으로 지은 합숙소가 늘어서 있다. 그 합숙소 한 채마다 여러 명의 노동자가 함께 살고 있고, 그들은 마당에다 중국 야채를 키우며 생활하고 있었다. 앙골라 사회와는 전혀 교류가 없었다.

서부 항구 도시 벵겔라Benguela는 포르투갈 식민지시대에는 내륙지방의 농산물을 출하하는 항구로 번성했다. 그러나

근 30년 동안 계속된 내전으로 철도와 도로가 모두 파괴되어버렸다. 그 보수를 중국이 원조하고 있는 것이다. 교외의 해안을 따라 국도와 철도가 죽 이어지고, 그 옆으로 약 1킬로미터에 걸쳐 폭 300미터의 광활한 중국인 노동자 캠프가 펼쳐지고 있다.

그 1킬로미터 중 800미터 가량은 자재 하치장이다. 철조망 울타리가 높게 둘러쳐 있고, 황색으로 칠해진 중국제 트랙터와 콘크리트 믹서차와 크레인차 등이 가지런히 세워져 있다. 그 옆으로 200미터 정도가 노동자들을 위한 공간이다. 녹색의 대형 텐트가 20개 정도 있고 그곳이 합숙소다.

노동자들은 매일 아침 7시쯤에 합숙소에서 나와 트럭을 타고 건설 현장으로 가서 일하다 오후 3시쯤 트럭을 타고 다시 돌아온다. 그들이 울타리 밖으로 나가는 일은 없다. 그리고 이곳 공사에서도 앙골라 노동자는 고용하지 않는다.

중국은 왜 수단에 들어왔는가?

중국 사람들은 남아프리카공화국과 앙골라에만 진출한 게 아니다. 수단과 적도기니와 중앙아프리카공화국 등 '신흥 산유국이면서 근대화가 뒤처진 국가에서 더욱 두드러진다. 2006년 7월, 수단 남부 벤티우Bentiu에서 국제연합 학교프로젝트를 취재하고 있을 때, 갑자기 정부군과 반정부군 사이에 전투가 벌어졌다. 처음에는 총성이 산발적으로 났다. 그러다 곧바로 총격전이 격렬해지더니 박격포 소리도 나고 연기가 피어올랐다. 아이들과 선생님은 순식간에 어딘가로 숨어버렸다. 나는 취재고 뭐고 할 것 없이 서둘러 국제연합 정전감시부대 기지로 달아났다. 우리 뒤로 현지에서 활동 중인 국제연합 직원과 NGO 직원들이 잇따라 피난해왔다.

저녁이 되어도 총성은 그치지 않았다. 이미 사상자가 많이 나온 모양이다. 국제연합군 지휘관이 오늘 밤은 기지에 머물라고 지시했다. 기지 안의 커다란 격납고 바닥에는 침상 대신 비닐매트가 깔려 있었다. 그때 다시 기지의 문이 열리더니 10대 정도의 자동차가 새로이 피난해왔다. 모두 중국인으로 50명 가량이었다. 격납고에는 중국어로 크게 떠드는 소리가 난무하기 시작했다.

영어를 할 수 있는 청년이 있어서 물어보니 그들은 중국의 석유개발공사 직원이라고 했다. 근처에 현장 사무소가 있고 그곳 안에 컨테이너를 개조해서 만든 숙소에 살고 있었다. 그곳에서 약 80킬로미터 남쪽에 채유 현장이 있고, 2004년부터 중국 기업이 석유 채굴을 시작했다. 중국인들은 그곳에서 정유시설로 가는 파이프라인을 관리하고 있으며, 채유 현장에는 따로 수천 명의 중국인 노동자가 일한다고 한다.

벤티우는 수도 하르툼Khartoum에서 남쪽으로 800킬로미터 지점에 있는 벽지다. 하르툼으로 이어진 도로는 포장이 되어 있지 않아서 우기에는 침수로 인해 이용할 수 없다. 이곳에 딱 하나 있는 활주로도 포장이 되어 있지 않아서 비가 내리면 진흙투성이라 비행기를 착륙시킬 수 없다. 호텔도 없고 민가는 대부분이 초가집이다. 전기도 들어오지 않고, 수도도 없고, 수세식 화장실도 없다.

수단은 아랍인이 사는 북부와 흑인이 사는 남부로 나누어진다. 수단 정부는 아랍인들로 구성되었는데, 남부에 사는 흑인들을 억압한다고 한다. 그리고 대부분의 석유가 남부에서 산출되는데도 그 이익은 북부로 돌아가고 남부에 환원되지 않는다. 그래서 '북부 아랍 지배'에 대한 남부 흑인들의 저항투쟁이 독립한 이후 지금까지 계속되고 있다.

수단은 이렇게 미개발국이라서 호텔도 전기도 수도도 없고, 언제 전투에 휘말릴지 모르는 국가다. 그래서 국제연합이나

NGO 관계자 말고는 외국인이 없다. 그런 곳인데도 중국은 수천 명의 노동자를 들여보내 석유를 채굴하고 있다. 수단은 2005년 현재 하루 50만 배럴의 원유를 생산하고 있다. 수단 중앙은행의 2005년 통계에 따르면 그 중 86퍼센트가 중국으로 보내진다고 한다.

미국을 중심으로 한 선진국은 1990년대에 수단 이슬람 정권의 인권 탄압 등을 비난하며 경제 제재를 단행했다. 그로 인해 서구 여러 나라와 일본 기업은 대부분 수단에서 철수했다. 그 틈을 타고 중국이 비집고 들어가 석유 채굴에서부터 파이프라인과 정유시설 건설까지 도맡으며 수단의 석유를 완전히 장악했다.

술을 팔다 영업정지를 당했다

중국 정부의 '국책'인 석유개발 외에도 수단에는 개인적 차원으로 들어오는 중국인도 늘어나고 있다. 1980년대는 수도 하르툼에 중화요리점이 하나도 없었다. 그런데 지금은 시내 중심가에 5군데나 있다. 몰래 영업을 하는 곳까지 치면 20군데가 넘는다고 한다.

그 중 하나인 '왕스촨王師傅'은 2006년 7월에 손님에게 술을 팔다가 경찰의 단속을 받고 영업정지를 당했다. 수단은 이슬람 국가라서 음식점에서 주류 제공이 금지되어 있다. 경영자인 왕융첸王永驀에 따르면 이웃 주민이 밀고했다는 모양이다. 왕융첸은 경찰에게 항의했다.

"당시 손님은 국제연합 관련 외국인들뿐이었습니다. 이슬람교도가 아니라면 술을 팔아도 되지 않습니까?"

하지만 손님 중에 국제연합 직원을 가장한 수단 사람이 있었다는 사실이 밝혀져서 그의 항의는 받아들여지지 않았다.

맥주, 와인, 위스키, 진, 보드카 등 창고에 있던 약 200상자의 술이 모두 몰수되었고 남녀 합해서 중국인 종업원 6명 전원이 체포되었다. 왕융첸이 관청을 열심히 들락거린 덕분에 종업원들은 5일 후에 모두 석방되었지만, 술은 돌려받지 못했다.

왕융첸은 아버지 왕샤오王曉와 함께 2002년 산둥성 옌타이煙臺에서 수단으로 들어왔다. 사업자금인 2만 달러는 친척들한테서 끌어 모은 것이다. 가게의 주 메뉴는 물만두였지만, 술을 마실 수 있다는 것으로 인기를 끌어 외국인을 상대로 성업 중이었다. 하르툼 근교에 중국 기업이 운영하는 대규모 정유소精

油所가 있고, 수천 명의 중국인 노동자가 그곳에서 일한다. 왕융첸은 그곳에도 가게를 냈다.

나일강은 하르툼에서 백나일강과 청나일강이 합류해 하나의 대하大河를 이룬다. 왕융첸은 그 중류지역에 약 2,000제곱미터(약 600평)의 농원을 빌렸다. 중국인 노동자를 고용해서 청경채와 부추 등 중국 야채를 재배하여 가게에서 사용하기도 하고 중국인 사회에 팔기도 했다.

"정말 채소가 잘 팔렸어요. 두 곳의 요리점과 농원 운영으로 월 2만 달러의 순익을 봤지요."

친척들에게서 빌린 돈은 1년 만에 모두 갚았다. 원래 수단에는 중국인이 거의 없었다. 그런데 5년쯤 전부터 중국인이 급증하기 시작해서 지금은 3만 명이 넘는다고 한다. 그 가운데 2만 명은 석유 채굴시설과 정유소 등 중국 정부에서 시행하는 석유 프로젝트 사업에서 일하고 있다.

그들만의 별천지

정유소는 하르툼과 포트수단Port Sudan에 있고, 울타리로 둘러쳐 있는 그곳은 치외법권 지대처럼 여겨져 관계자 이외의 사람들은 들어올 수 없다. 왕용첸에 따르면 정유소 안에는 10층짜리 아파트가 늘어서 있고 에어컨까지 완비되어 있다고 한다. 텔레비전은 아랍어로 하는 수단 국영방송이 아니라 중국어가 나오는 KRC 텔레비전이다. KRC는 '하르툼 리파이너리 코퍼레이션Khartoum Refinery Corporation'의 약자라고 한다. 아파트에서는 인터넷도 접속할 수 있다.

정유소 안에는 레스토랑, 슈퍼마켓, 영화관, 테니스장, 볼링장, 스포츠센터, 수영장 등이 있다. 그리고 출입구에는 세관稅關도 있다. 구내 상점에서 산 것을 외부로 반출하지 못하게 하기 위해서다. 완전히 그들만의 '별천지'다.

그런 석유 관계자들을 상대로 장사하기 위해 왕용첸 같은 중국인이 개인적 차원에서 수단으로 건너온 것이다. 그 수가 약 1만 명이 넘는다. 그들은 시내에서 음식점이나 슈퍼마켓이나 농원 등을 운영하기 시작했다. 토목건설과 유조차 수송 같은 사업을 하는 사람도 있다. 그런 회사에서 일하는 노동자와 운전사도 중국인이다. 그들이 수단 사람들을 고용하지 않는 것은 '시간 개념이 희박하고 신뢰할 수 없기 때문'이라고 한다.

왕융첸의 가게 근처는 고급주택가인데 그 한구석에 있는 슈퍼마켓은 매달 중국에서 컨테이너 4대분의 상품을 구입한다고 한다. 매상은 월 20만 달러가 넘을 것이라고 왕융첸은 말한다. 그곳 종업원도 모두 중국인이다.

수단은 하루 50만 배럴의 석유를 생산한다. 1배럴에 100달러라고 쳐도 5,000만 달러가 매일같이 정부 수중으로 들어간다는 이야기다. 그러나 그 돈은 정부 안에서 어딘가로 사라져버린다. 국민 대부분이 빈곤에 허덕이고 내전으로 인한 난민이 수도권 주변에만도 180만 명이나 있다. 또한 실업자는 도시에 넘쳐나고 있다.

그런 곳에 중국인들이 들이닥친 것이다. 그들은 정부 관료에게 뇌물을 주고 아주 짧은 기간 안에 사업에 성공하여 큰돈을 벌어서 본국으로 송금해버린다. 현지 주민을 고용하지 않고, 자신들만의 사회를 만들고, 이슬람교에서 금하는 술을 마시고 돼지고기를 먹는다. 그러한 중국인들의 행위가 가능한 것은 수단 정부가 그것을 허용했기 때문이다. 그러니 중국인과 중국인의 편의를 봐주는 수단 정부에 점점 수단 사람들의 불만이 커져가고 있다.

아프리카의 부는 국민에게 돌아가지 않는다

앙골라에서 중국인을 비판하는 일은 금지되어 있다. 수도 루안다의 가톨릭계 라디오 방송국 '에클레시아Ekklessia'에는 매주 수요일 오후에 1시간 동안 청취자가 참여하는 방송프로그램이 있다. 편집장인 존 핀트가 사회를 보고 청취자끼리 전화로 토론하는 프로그램으로 시민들에게 아주 인기 있는 방송이다. 2005년 7월, 어느 날 방송에서 '석유와 중국'이라는 내용을 주제로 삼았다. 그러자 이례적으로 많은 사람에게서 전화가 걸려왔다.

"왜 중국인은 앙골라 사람들의 일자리를 빼앗는가?"

"왜 중국은 앙골라의 석유 자원을 가지고 가는가?"

"중국의 융자 계약에 용도 설명에 관한 조항이 없는 이유가 무엇인가?"

사회자가 도중에 토론을 중단시켜야 할 정도로 앙골라 사람들의 뜨거운 성토가 이어졌다. 방송이 나간 다음날 존 핀트에게 국영텔레비전 매니저한테서 "우리 라디오 방송국으로 옮길 생각이 없는가?"라는 제의가 왔다. 그의 월급은 1,000달러 정도인데, 그들이 제시한 조건은 월급 1,500달러와 그밖에 집과 자동차를 제공하겠다고 했다. 하지만 그는 거절했다.

며칠 후 회의에서 만난 지인인 정부 관료에게서 정부에 대한 비판을 너무 하지 않는 것이 좋겠다는 충고를 받았다. 그는 그것을 협박으로 받아들였다. 최근 정부를 비판한 저널리스트 5명이 잇따라 석연치 않은 죽음을 맞이했던 것이다.

2004년 1월에 국제인권단체인 '휴먼 라이츠워치HUMAN RIGHTS WATCH'는 "1997~2002년까지 6년 동안 앙골라가 얻은 178억 달러의 석유 수입 중 42억 달러 가량이 국고에서 사라졌다"고 발표했다. 그것을 계기로 대통령 관저 앞에서 '석유 회계의 투명화', '중국 융자에 대한 석유 지불 반대'를 외치는 시위가 일어났다. 정부는 공안기동대를 동원해서 개와 채찍으로 시위대를 쫓아냈다. 그 이후 중국과 관련된 정부 비판 시위는 일어나지 않았다.

"이것이 예전에 사회주의국가였던 나라의 실체입니다."

존 핀트는 웃으며 말했다. 아내는 "밤에는 빨리 귀가하고 어쩔 수 없이 야근하고 귀가할 때는 혼자서 오는 일이 없도록 하라"고 계속해서 당부한다. 그때마다 열두 살 먹은 아들은 "괜찮아요, 걱정 말아요. 아빠는 힘이 세니까요"라고 대답한다.

아프리카 국가들의 노동자와 직장인은 교육 훈련이 부족해서 지금 이대로는 국제 경쟁력이 충분하다고는 말할 수 없다. 독립한 후 아프리카 정부는 인재를 육성하는 데 노력을 기울여야 했다. 그런데 지도자는 근면한 노동자를 육성하기보다는 이권을 노리고 외국 기업의 진출을 우선시 했다. 그 틈을 놓치지 않고 중국이 파고든 것이다. 국가 지도자가 맛있는 국물을 마시고 있는 동안 아프리카의 부는 국민에게 돌아가지 않고, 다른 나라 사람들한테 빼앗기고 있는 것이다.

제 5 장

아프리카에서
도망치는 사람들

사람들의 꿈을 빼앗은 국가

누구라도 자신이 태어나고 자란 나라에서 가족과 함께 살고 싶을 것이다. 그러나 사람들이 일하고 싶어도 일자리가 없다. 설혹 일자리가 있어도 월급이 체불되기 일쑤다. 또 월급을 겨우 받아봤자 인플레이션을 따라가지 못해 가족을 먹여 살릴 수가 없다. 국가의 부는 외국인이 가져가 버린다. 나이지리아 같은 산유국에서조차 그 풍요로움이 국민에게 돌아오지 않는다. 결국 도저히 살아갈 수 없으니 사람들이 고국을 버릴 수밖에 없다.

제1장에서 언급했던 악어가 우글거리는 림포푸강을 건너

짐바브웨에서 탈출한 브라이트도 그 중 한 사람이었다. 이런 일은 짐바브웨에서만 일어나는 일이 아니다. 고국의 생활고를 견디지 못해 해외로 떠나는 사례는 아프리카에서 수없이 많다. 고향에서 가족과 살고 싶어하는 사람들의 꿈을 빼앗은 것은 다름 아닌 국가다.

파리에서 일당 노동자로 살다

프랑스 파리의 동부에 있는 몽트뢰유Montreuil는 마치 아프리카 같다. 얌yam과 카사바cassava 같은 아프리카 식품을 파는 가게도 즐비하고, 거리를 걷고 있는 이는 아프리카 사람들뿐이다. 또한 스트레이트파마 가게의 포스터가 있고 아프리카행 항공권을 싸게 판다는 광고 전단지도 벽에 덕지덕지 붙어 있다.

그러한 몽트뢰유 골목길을 들어가면 한 모퉁이에 3층짜리 허름한 독신자용 호스텔이 있다. 객실이 상당히 많아 보이는 것이 50개도 넘을 것 같다. 방은 대부분 2층 침대가 있는 6인실이다. 말리 사람인 칸데 카미소코는 이곳 3층에서 살고 있다. 내가 1995년에 방문했을 때 그는 "이곳에 산 지 벌써 29년

째입니다"라고 말했다.

그는 서아프리카에 있는 말리 서부의 카베테kabete라는 농촌 출신이다. 이곳은 사하라 사막과 접하는 지대라 건조해서 옥수수가 자라지 못한다. 피와 조를 재배하고 있지만 식량 자급이 어려워서 환금작물인 땅콩을 키워 그 수입으로 빵을 사서 생활한다. 그러나 판매가격이 낮은데다 가뭄이 심해서 땅콩 수확은 계속 줄어들고 있다. 결국 먹고살기가 힘들어지자 카미소코는 돈을 벌기 위해 프랑스에 가기로 했다. 지인을 연줄 삼아 프랑스에 건너온 그는 몽트뢰유의 호스텔에 묵으며 일당 노동자로 건설 현장에 나간다.

카미소코가 프랑스에 오고 나서 고향 사람들이 그를 연줄 삼아 하나둘씩 파리로 건너와 같은 호스텔에 눌러앉기 시작했다. 카베테에는 약 200가구의 농가가 있는데 그곳에서 160명이 떠나왔다. 농촌에서 일할 수 있는 사람들의 절반이 넘는 숫자다. 그 때문에 호스텔 3층은 카베테 사람투성이다. 1층과 2층은 말리의 다른 지역에서 온 사람들이 살고 있다.

카베테 출신 160명은 대부분이 건설 현장, 도로 청소, 호텔의 허드렛일 등 육체노동을 하면서 살아가고 있다. 월수입은 15만 엔 가량이고 그 중 3분의 1을 가족에게 송금한다. 호스텔

앞에는 아프리카 식품을 파는 노점이 즐비하고 말리 사람들은 그곳에서 식료품을 사서 생활하고 있다.

고향에 학교를 세우다

카미소코는 파리에 살면서 1995년에 농협의 대표이사로 선출되었다. 다른 농협 임원들도 거의가 호스텔 3층에 사는 사람이다. 대표이사 선거는 호스텔에서 치러졌다. 현재 카베테의 농협이사회는 카미소코의 방에서 열리고 있다. 농협을 포함해서 카베테가 파리로 옮겨온 듯한 느낌이다. 땅콩 농사는 카베테의 남은 가족이 짓고 있지만, 카미소코가 파리에서 전화로 땅콩 심는 시기와 출하 시기를 지시해준다.

말리는 1960년에 독립한 이후 독재가 계속 이어졌다. 카미소코는 "식민지시대에는 정말 지독했지요. 그런데 독립해보니 결국 독재인 겁니다. 서민들의 생활은 오히려 식민지시대보다 힘들어졌어요"라고 말한다. 말리의 독재정권은 냉전구조의 붕괴로 토대가 무너지면서 결국 1991년에 붕괴되었다. 복수정당제가 되고 총선거가 치러졌다. 그러나 신정부는 지도력이 없어 권력투쟁만 거듭될 뿐이고, 민생은 여전히 방치되고 있다.

칸데 카미소코는 파리에 있는 농협 임원들과 상의해서 고향에 학교를 세우자고 호소했다. 그리고 고향 사람 160명에게서 약 100만 엔씩 갹출해서 고향에다 초등학교를 세웠다. 벽돌건물에 함석지붕을 얹은 학교로 학생은 70명 가량이다. 선생님은 2명이고 약 4만 엔의 월급을 지급하는데, 이 돈도 파리에서 송금하고 있다.

"교육은 국가 형성의 기본이라고 생각합니다. 하지만 정부는 아무것도 하지 않아요. 내 자식들에게는 우리처럼 고생을 시키고 싶지 않았습니다. 그래서 학교를 세웠지요."

그러나 현재 말리는 학교를 졸업한 아이들에게 충분한 일자리를 제공할 수 있을까?

돌아갈 고국이 없다

파리에는 몽트뢰유 같은 아프리카타운이 몇 군데 있다. 북부의 바르베스Barbes와 북부 교외의 생드니Saint-Denis다. 파리의 남부인 뱅상 오리올Vincent Auriol에는 코트디브아르 학생회관이 있다. 그러나 그곳에는 학생은 없고 슬럼화된 회관 건물에 프랑스로 돈을 벌기 위해 온 노동자들만 살고 있다. 학생회관 관리인 조제프 아크레아비는 20년 전에 국립아비장대학을 나와 파리대학 법학부로 유학을 왔지만, 졸업 후에 귀국하지 않고 그대로 학생회관에서 살고 있다.

"민간 기업이 육성되어 있지 않아서 고국으로 돌아가도 일자리가 없습니다. 더군다나 연줄이 없어 관리가 될 수도 없고요. 고등교육을 받은 탓에 고향에서 내가 있을 자리가 없어져 버린 겁니다."

학생회관 관리인은 관리인실에서 공짜로 생활할 수 있는 대신 월급이 없다. 그래서 아크레아비는 10년 동안 야간경비원을 하며 살아왔다.

"코트디브아르의 미래는 희망이 없습니다. 부자만이 정치가가 될 수 있고, 권력을 가진 자만 부자가 됩니다. 가난한 사람은 영원히 가난에서 벗어나지 못할 겁니다. 부족 차별이 사라지지 않아요. 오로지 연줄이 좌지우지하는 상황도 달라지지 않을 겁니다. 노력한 자가 보답 받는 사회가 아닌 겁니다."

1990년의 인구통계조사Census에 따르면 프랑스에 사는 외국인은 약 360만 명이라고 한다. 그 중 45퍼센트가 아프리카인이다. 그 후 냉전구조의 붕괴로 불안정해진 아프리카에서 인구 유입이 더욱 늘었다. 1999년의 인구통계조사에서는 외국인이 약 431만 명으로 늘었고, 그 중 아프리카인은 50퍼센트를 넘어섰다. 이러한 경향은 영국과 독일 등 유럽의 다른 나라들도 마찬가지다. 영국의 런던 병원에서는 간호사 대부분이 케냐 사람이고, 이들은 심야근무 같은 힘든 일에 배치되어 있다. 케냐는 그나마 양성된 간호사를 영국에 빼앗기고 있는 실정이다.

외국인 노동자의 유입은 저임금 노동을 정착시켜 노동 조건을 악화시킨다. 더욱이 커다란 문제가 문화적인 마찰이다. 외국인 노동자가 그들의 언어와 종교와 습관을 가지고 들어와 그것을 유지하려고 하기 때문이다. 그것은 감정적인 민족주의 사상을 자극해서 우익이 활개를 치는 계기가 된다.

프랑스 정부는 1970년대부터 국적 선택과 가족 초청에 대한 규제를 강화해서 외국인의 유입을 제한하려고 했다. 그 결과 이번에는 불법 이주자의 유입이 증가했다. 불법 이주자는 주민등록이 없기 때문에 자녀들은 학교에 가지 못한다. 그리고 빈곤의 악순환이 시작되어 치안이 악화된다. 당연히 지역이 슬럼화되고 마약 범죄와 테러 활동의 온상이 되어 정치의 안정을 뒤흔든다. 프랑스 국제문제연구소는 아프리카가 사람들을 살 수 없게 내모는 상황이 계속되는 한 이러한 불법 이주자의 유입은 막을 수 없다고 지적한다.

아프리카 대부분의 국가가 현재 독립의 의의를 잃고 있다. 치안은 말할 수 없을뿐더러 군인과 경찰과 교사 같은 국가의 기본이 되는 공무원의 월급조차 제 날짜에 주지 못하거나 지급이 미루어지는 상황이 계속되고 있다. 그 결과 국가 형성의 핵심이 되어야 할 중산층과 교육을 받은 의사와 법률가 같은 전문직까지 해외로 빠져나가고 있다.

신주쿠의 아프리카 사람들

일본과 아프리카는 거리가 멀다. 그러나 항공망과 정보통신이 발달해 글로벌화가 이루어지면서 아프리카는 상당히 가까워졌다. 일본 법무성의 통계에 따르면 1984년 불법 취로 등으로 강제퇴거된 외국인 중에 아프리카인은 한 사람도 없었다고 한다. 그런데 1993년에는 845명이나 되고 그 후 해마다 배로 증가하고 있다. 아프리카가 점점 가까워지고 있는 것이다. 그 좋은 예가 도쿄 신주쿠新宿다.

2006년 7월 8일, 신주쿠 가부키초歌舞伎町 1가에 있는 음식점 빌딩 '더 카테리나'의 4층에서 외국인 바를 운영하고 있는 나이지리아인 오스틴이 체포되었다. 가게에 왔던 손님이 "마시지도 않은 고급 샴페인 값 20만 엔을 가게 멋대로 카드결제를 했다"고 경찰서에 피해신고를 했기 때문이다.

오스틴은 일본어가 서툴러 통역을 대동하고 취조를 받았다. 조사관은 신용카드의 매출전표를 오스틴 앞에 내놓았다. 최고급 샴페인인 돔 페리뇽 로제 1병에 10만 엔, 그 매출전표가 2장 있었다. 거기에는 분명 일본어가 아닌 사인이 휘갈겨 있었다.

"누가 여기에 사인했습니까?"

"손님이 직접 사인했습니다."

명백한 증거가 있는데도 오스틴은 재차 손님이 사인했다는 말만 되풀이할 뿐이었다. 이대로 가면 실형을 살 수 있다고 변호사가 설득해서야 겨우 잘못을 인정하고 피해자에게 변상했기 때문에 실형을 피하고 사건이 끝날 수 있었다. 11월 7일, 도쿄지방재판소에서 "징역 2년, 집행유예 4년"의 판결이 나오기까지 4개월 동안 오스틴은 도쿄구치소에 수감되었다.

오스틴의 가게가 있는 '더 카테리나'는 10층짜리 건물로 그

대부분이 바와 클럽이다. 한 층에 약 10개씩 합쳐서 100개의 가게가 들어 있는데, 그 중 '외국인 바'가 상당수 차지한다. 원래 외국인 바는 미군과 선원 같은 외국인 손님을 상대하는 바를 말한다. 그러나 가부키초에서는 외국인 호스티스의 농도 짙은 서비스를 상품으로 하는 바와 클럽을 그런 식으로 부르고 있고, 구청거리와 그 뒤쪽 '아즈마あずま 거리(도쿄 신주쿠 동쪽 지역의 거리)'에 밀집되어 있다. 호스티스의 대부분은 러시아, 동유럽, 브라질, 필리핀 사람이다.

돔 페리뇽 로제 1병에 10만 엔이라는 가격은 이런 가게의 시세라고 한다. 2000년에 제정된 도쿄도 조례, 이른바 '바가지 방지 조례'에서 '바가지'로 인정되지 않았기 때문에 술값은 아슬아슬한 가격이라고 말할 수 있다.

신주쿠경찰서에 따르면 외국인 바 중 나이지리아 사람이 경영하는 가게가 20개 정도이고, 대부분 그 가게에서 손님들에게 바가지를 씌우고 있다고 한다. 그런 가게들 태반이 호객꾼을 두고 있고, 그들도 대부분 나이지리아 사람으로 약 60명이나 있다고 한다. 술집 경영자와 호객꾼을 합쳐 100명 가량의 나이지리아 사람이 가부키초에서 유흥업에 종사하고 있는 것이다. 나이지리아는 아프리카 서부, 대서양 기니만Guinea灣에 접하고 있는 나라다. 그런 먼 나라에서 아무 연고도 없는 일본에 와서 왜 이런 장사를 시작한 것일까?

술값 23만 엔을 청구하다

오스틴의 '사기'는 검사의 기소장에 따르면 다음과 같은 내용이었다.

2006년 3월 28일 밤, 오스틴은 가게를 찾은 사이타마현 와코和光에 사는 남성에게 1시간 세트요금 6,600엔을 청구했고 남성은 신용카드로 결제하고 사인했다. 그 남성은 취해 있었고 오스틴은 카드를 받은 채 손님에게 돌려주지 않았다. 오스틴은 그 카드를 이용해서 손님이 '돔 페리뇽 로제'를 주문한 것처럼 꾸며 가짜 사인을 해서 약 10만 엔씩 2회분을 포함 모두 합해 23만 엔을 결제해서 부당이득을 취했다. 오스틴의 가게에서는 그밖에도 비슷한 불법 행위가 이루어지고 있었다.

10월 17일에 도쿄지방재판소에서 열린 첫 공판은 영어통역을 대동하고 행해졌다.

검사 "손님은 돔 페리뇽 로제를 주문하지 않았다고 한다. 그런 술을 왜 내놓았는가?"

오스틴 "술자리에 앉았던 호스티스가 손님이 그 술을 주문했다고 말했기 때문이다."

검사 "당신네 가게의 매출전표에 따르면 당신은 개점 후 반년 만에 모두 합해서 26병의 돔 페리뇽 로제를 손님에게 판 것으로 되어 있다. 이는 사실인가?"

오스틴 "그렇다."

검사 "그러나 당신네 가게의 납입업자인 주류상은 당신네 가게에 돔 페리뇽 로제를 납품한 사실이 없었다고 했다. 당신은 없는 술을 손님에게 팔고 있다는 말이 된다. 이것은 어떻게 된 일인가?"

오스틴 "……."

11월 7일에 제3차 공판에서 재판관은 다음과 같이 가공청구를 인정했다.

"피고는 손님에게 팔지도 않은 고급술을 판 것처럼 해서 손님의 카드를 무단으로 이용해서 청구했다."

재판관은 사기이고 유죄라고 판단했다. 판결은 징역 2년이었지만 4년의 집행유예가 붙었다. 오스틴이 죄를 인정하고 반성하고 있다는 점, 손님에게 변상해서 화해가 되었다는 점, 4세의 아이가 있는데다 일본인 처가 임신 중이라는 점을 고려했다.

보통 외국인의 불법 체류가 발각되면 즉시 국외로 추방된다. 그러나 부인이 일본인이기 때문에 오스틴은 강제퇴거될 염려는 없었다. 오스틴은 반년 전인 2005년 가을에 가게를 열었는데, 카드회사에 따르면 '바가지 요금'은 개점 초기부터 행해졌다고 한다. 어느 때는 손님 한 사람에게 156만 엔이나 되는 술값을 청구하기도 해서 카드회사가 지불을 거부했다고 한다.

도쿄 롯폰기에서 호객을 하다

나는 보석으로 풀려난 오스틴을 자택에서 만났다. 그는 가나가와현神奈川縣 에비나海老名 역에서 내려 10분쯤 걸어간 곳에 있는 새로 지은 2층짜리 목조 아파트에서 부인과 아들 셋이서 살고 있었다. 내가 방문했을 때 부인은 쇼핑을 하러 갔기 때문에 집에 없었고, 오스틴은 네 살짜리 아들을 무릎에 태워 놀아주고 있었다. 나는 오스틴에게 왜 그런 사기행각을 벌였는지 물었다.

"저는 자동차 부품을 나이지리아로 수출하는 사업을 시작하고 싶었습니다. 그 때문에 자금을 서둘러 모아야 했습니다."

오스틴의 이야기에 따르면 그는 2001년 12월, 단기 관광비자로 일본에 들어왔단다. 우선 나이지리아의 대도시 라고스Lagos에서 남아프리카공화국으로 갔다. 남아프리카공화국 요하네스버그에서는 캐세이퍼시픽항공의 홍콩 직행편이 날마다 운항되고 있다. 홍콩에는 대규모의 나이지리아인 공동체가 있어서 그곳에서 도쿄 연락처를 소개받았다. 일본에 도착하자마중 나온 나이지리아인의 소개로 처음에는 요코하마에 살았다. 그 당시 신주쿠의 가부키초는 알지도 못했다.

오스틴은 어깨 너머로 보고 배운 대로 자동차 부품을 사모아 컨테이너에 실어 수출했다. 그것을 라고스에 사는 사촌이 넘겨받았다. 그러나 물건을 발송해서 도착하기까지 1개월이 걸리고 물건을 다 팔아치우기까지 1개월, 물건값을 받기까지 또 1개월이 걸렸다. 운영자금이 없는 초보자로서는 도저히 감당할 수 없는 일이다. 결국 사업은 실패했다. 친구에게 도쿄 롯폰기六本木에 있는 유흥업소의 호객꾼 일을 소개받았다. 그것이 유흥업소를 하게 된 계기였다.

1985년에는 외국인으로 등록한 아프리카 출신자는 일본 전체에서 약 1,000명에 불과했다. 그런데 2005년에는 1만 명에 달했다. 나라별로는 나이지리아가 가장 많아서 2,400명 가량 된다. 아프리카인 4명 중에 1명은 나이지리아 사람이라는 이야기다.

"우선 일본인 여성과 결혼하라"

오스틴은 2002년 요코하마에서 아내를 만나 결혼하면서 '일본인 배우자'가 되었다. 이제 그는 영주권이 생겨 죄를 범해도 강제퇴거될 일은 없어졌다. 그리고 그 해 아들이 태어났다. 도쿄 입국관리국의 담당관에 따르면 그들은 먼저 일본에 건너온 경험자들에게서 "우선 일본인 여성과 결혼하라"고 배운다고 한다.

중국인과 한국인은 일본인과 생김새가 비슷해서 불법 체류자를 구분해내기가 쉽지 않다. 그러나 아프리카인은 한눈에 외국인이라는 사실을 알 수 있으므로 적발되기 쉽다. 따라서 적발되어도 강제퇴거를 당하지 않으려면 영주권을 취득해야

제5장 아프리카에서 도망치는 사람들

한다. 즉, 일본인 여성과 결혼하는 것이 가장 손쉬운 방법이다. 롯폰기와 요코하마의 번화가에서 젊은 여성들에게 끈질기게 달라붙는 아프리카인 남성을 자주 볼 수 있다. 하지만 여성이 기혼자라는 사실을 알게 되면 그들은 금세 떨어져 나간다.

오스틴은 부인을 만나게 된 계기에 대해서는 자세히 말하지 않았다. 그러나 부인은 경찰의 참고인 조사에서 이렇게 진술했다.

"남편은 나에게 자상하고 사랑한다는 말도 늘 해줘요. 내가 바쁘면 음식도 금세 만들어주고요. 그런 점에 끌렸어요."

'자신을 위해 뭔가를 열심히 해주는 나이지리아인'은 내성적인 일본 여성에게는 무척 안심이 되는 존재일 것이다.

가부키초 외국인 바의 제1호를 자칭하는 다른 나이지리아인 남성의 아내도 일본인이다. 그녀는 도쿄 미타카三鷹에 살고 있는데, "주오선中央線 지하철 안에서 남편이 자신에게 작업을 걸었다"고 말했다. 그녀 역시 나이지리아인 남성의 다정한 말투에 이끌려 아파트에서 함께 살게 되었다. 남성은 자꾸만 "결혼하자"고 졸랐다. 그녀는 속이 빤히 들여다보여 화가 나 일부러 무시했다. 그들이 혼인신고를 한 것은 함께 살게 된 지 7년 후인 2002년이다. 그 후 남성은 호객행위로 체포되었지만, 아슬아슬하게 강제퇴거를 면한 것이다.

그는 나이지리아로 중고차를 수출하는 사업을 시작해서 1년에 2~3번은 나이지리아로 간다. 그가 집을 비운 동안 가게는 부인이 꾸려 나간다.

"남편은 늘 내게 전화를 해서 물건값을 좀더 올려 비싸게 받으라고 해요. 단골손님을 만드는 것이 이익이 된다고 내가 아무리 이야기해도 남편은 당장의 큰돈이 중요한가 봐요."

왜 가부키초에 흘러드는 것일까?

일본에 처음으로 들어온 아프리카인은 가나인이었다. 그들은 1980년대 후반의 거품경제 시기에 일본에 들어오기 시작해서 처음에는 사이타마현 등 도쿄 근교의 영세공장에서 일했다. 그러나 그 후 시작된 불황으로 일자리를 잃고 1995년경부터 도심으로 옮겨갔다. 사업 수완이 있는 여러 명이 하라주쿠原宿(도쿄의 신주쿠나 시부야澁谷와 함께 대표적인 번화가로 '도쿄 패션의 1번지'로 불린다) 등지에 힙합 관련 가게를 열었다. 골반까지 흘러내려 입는 헐렁한 바지, 바로 그쪽의 패션이다. 롯폰기의 유흥업소에서 도어맨이 된 사람도 있다.

나이지리아인은 그보다 늦게 일본에 왔지만, 도심에서는 곧 가나인을 따라잡았다. 이윽고 나이지리아인들은 롯폰기 유흥업소의 호객사업을 독점했다. 오스틴도 그 중 한 사람이었다.

2005년 오스틴은 롯폰기에서 가부키초로 옮겨 외국인 바를 경영하게 되었다. 그것이 '더 카테리나'의 4층 가게다. 보증금은 동료들이 모아서 내주었고 경영은 오스틴이 담당했다. 가게는 시설이 완비되어 있었고, 임대료는 전기와 수도 요금을 합쳐 36만 엔으로 비교적 저렴했다.

신주쿠경찰서에 따르면 그 정도 수준의 가게는 2003년 이전에는 60만 엔이 넘었다고 한다. 당시의 경영자는 중국인이 제일 많았고 상당히 위험한 유흥업소를 했던 모양이다. 폭력 사건과 마약사건이 자주 발생해서 2002년 도쿄 입국관리국과 경시청警視廳(도쿄 전체를 관할하는 경찰 본부)이 신주쿠의 중국인 유흥업소에 대한 단속을 강화했다. 2003년 한 해에만 103개 업소를 수색하고 801명을 검거했다.

그 결과 중국인이 경영하는 유흥업소가 단숨에 감소되었다. 그러자 가부키초 일대의 음식점 빌딩에 빈 점포가 늘어나면서 임대료가 절반 정도로 내려갔다. 거기에 나이지리아 사람들이 흘러들어온 것이다. '외국인 바'는 단골손님이 찾는 곳이 아니므로 손님을 기다리기만 하면 장사가 되지 않는다. 그래서 호객꾼들이 필요하다. 호객꾼은 한 업소당 2~4명으로 모두 나이지리아 사람이다. 이들은 경영자의 친척이나 고향 출신자가 많다.

호객꾼들은 저녁 8시가 넘으면 구청거리나 아즈마 거리로 나간다. 180센티미터가 넘는 장신의 남자가 두툼한 다운재킷을 몸에 걸치고 있으니 상당히 위압적으로 보인다. 그런 그들이 술에 취한 사람들에게 다가가 서투른 일본어로 귀에다 속삭인다.

"예쁜 여자들 있어요. 외국인이죠. 젊은 외국 여자예요."

"우리 업소는 위험한 가게가 아니에요. 내 아내도 일본인이니 나를 믿어요."

매상은 오전 1시가 지나면서부터 오르기 시작한다. 그 무렵이 되면 그들은 '고마극장그 マ劇場(도쿄 신주쿠의 영화거리에서 가장 중심이 되는 극장) 거리'로 옮겨 마지막 지하철을 타기 위해 서두르는 취객 앞을 가로막는다.

"이제 마지막 지하철은 없어요. 내일은 토요일, 첫차 시간까지 놀다 가세요."

이렇게 말하면서 손님의 팔을 잡고 걷기 시작한다. 손님은 뿌리치려고 하지만 호객꾼에게 잡힌 채 꼼짝할 수가 없다. 원래 유흥업소법을 보면 통행인 앞을 가로막거나 통행인의 팔을 잡는 행위를 금지하고 있다. 그러나 그들은 막무가내다. 전속 호객꾼의 기본급은 하루 1만 엔이 시세라고 한다.

비아프라전쟁의 비극

오스틴은 1970년 2월에 나이지리아의 동남부 비아프라Biafra 지방의 도시 오웨리Owerri에서 태어났다. 그가 태어난 해는 '비아프라전쟁'이 비아프라 진영의 비극적인 패배로 끝난 해이기도 하다.

나이지리아는 크게 3개 지역으로 나뉜다. 북부는 수도인 아부자Abuja를 중심으로 한 건조지대이고, 주류 부족인 하우사족 Hausa族과 풀라니Fulani족이 산다(인구의 32퍼센트). 종교는 이슬람교다. 서남부는 최대 도시인 라고스를 중심으로 한 지역으로 그리스도교도인 요루바Yoruba족이 산다(21퍼센트). 동남부는 항구 도시인 포트하커트Port Harcourt를 중심으로 한 나이저

Niger강 어귀의 습윤지대로 그리스도교도인 이보Igbo족이 산다(18퍼센트). 이 동남부 일대를 '비아프라'라고 한다.

나이지리아는 1960년에 영국에서 독립했지만, 이 3개의 지역은 이해관계가 달라 한 국가로서 일체감이 거의 없었다. 정치권력은 늘 다수파인 하우사족이 잡고 있었다.

1967년 동남부의 이보족이 북부 하우사족의 지배를 반대하며 '비아프라공화국'으로 독립을 선언했다. 그리고 곧이어 정부군과의 전쟁이 일어났다. 그것이 '비아프라전쟁'이다. 비아프라가 정부군에 포위되면서 식량이 고갈되어 수백만 명이 굶어죽은 참혹한 전쟁이었다. 그 이후 소수파인 이보족은 지속적으로 중앙정부의 억압을 받고 있다.

가부키초에 사는 나이지리아 사람들의 70퍼센트는 비아프라 출신인 이보족으로 볼 수 있다. 나머지는 라고스 주변에서 온 요루바족이고 주류 부족인 하우사족 출신자는 한 명도 없다.

"석유 덕분에 생긴 것은 매춘업소뿐입니다"

비아프라는 사하라 이남 최대의 산유지대다. 이곳은 북해 원유와 리비아 원유 같은 양질의 경질유輕質油를 산출한다. 그 때문에 로열더치셸Royal Dutch Shell과 셰브런Chevron 같은 다국적 석유회사가 진출해 있다. 나이지리아 중앙은행에 따르면 나이지리아의 원유와 석유 관련 제품의 수출은 2005년도에만 522억 달러에 이르렀다고 한다.

그러나 그 돈의 대부분은 중앙의 정치가와 관료의 수중으로 들어가고, 북부를 제외한 다른 지역의 사람들에게는 거의 돌아가지 않는다. 석유 수입의 절반 이상이 사용 출처를 모른 채 정부 내에서 사라져버린다. 1억 4,000만 국민의 91퍼센트는 하루 2달러 이하로 살아가는 빈곤층이다. 석유로 인한 물질적 풍요가 국민에게 돌아가지 않는 것이다.

나이지리아 최대의 도시 라고스에서는 교통신호등은 있지만 전구가 나가버려 전혀 기능하지 못한다. 정부가 관리를 하지 않는 것이다. 전화도 연결되는 게 거의 없고 하수는 몇 년 동안 막힌 채로 있어 도로에 오수가 넘쳐흐르고 있다. 그런데도 해안을 따라 조성되어 있는 고급주택가에는 관료와 정치가와 군인의 호화로운 주택이 즐비하다.

경찰과 교사의 월급은 체불되기 일쑤다. 경찰은 범죄를 수사할 의욕도 없고 사건이 일어나도 출동하지 않는다. 그 때문에 대낮부터 강도가 출몰한다. 요컨대 국가로서 제 기능을 하지 못하고 붕괴된 거나 다름없다. 오스틴이 체념하듯 말했다.

"내가 태어난 도시 근처에 석유 채굴 현장이 있어요. 석유가 눈앞에서 나오는데도 우리는 밥 지을 연료도 없고 마실 물도 없어요. 식민지시대부터 설치된 전선은 있지만 늘 정전이지요. 석유가 나온다고 해서 뭐 하나 나아진 것이 없어요. 석유 덕분에 생긴 것은 매춘업소뿐입니다."

천연가스는 24시간 동안 타고 있다

오스틴의 아버지는 작은 빵집을 운영하고 있었지만, 오스틴이 5세 때 죽었다. 그 후 어머니가 빵집을 경영하면서 삼형제를 키웠다. 형은 비아프라 지방의 주립대학 공학부를 졸업했지만, 일자리가 없어 직접 건설업을 시작했다. 삼남은 미국으로 건너갔다.

차남인 오스틴은 형과 같은 대학의 경영학과를 졸업하고 지방공무원이 되었지만, 월급이 계속 체불되자 그만두어 버렸다. 그는 형이 하는 건설업을 도왔지만 수입이 불안정했다. 30세가 넘어서 결혼할 수 있는 전망도 없었다. 더구나 일자리가 없을 뿐만 아니라 비아프라는 생활 환경도 점점 악화되어갔다.

보통 석유 채굴 현장에서는 천연가스가 나온다. 상품가치가 있는 가스가 아니므로 석유회사는 그것을 노천에서 소각한다.

"천연가스는 24시간 내내 타고 있지요. 그러니 거센 열풍이 불어 주변의 식물은 모두 죽고 맙니다. 우리의 주식은 얌인데, 옛날에는 크기가 30센티미터 가량 되었죠. 그런데 지금은 10센티미터쯤 됩니다. 그 이상으로 자라지 않는 거지요."

포트하커트 주변에는 내륙에서 항구로 석유를 보내기 위해 설치한 파이프라인이 드러난 채로 민가의 처마 밑을 지나고 있다. 주민의 승낙이나 허가도 받지 않고 어느 날 갑자기 공사가 시작되더니 파이프라인이 지나가버린 것이다. 사람들은 하는 수 없이 그 파이프라인을 넘어 집으로 들락거리고 있다고 한다. 그리고 파이프라인에 구멍을 뚫어 석유를 훔치는 것도 흔한 일이다. 경질유라서 새어나온 석유가 폭발하는 사고도 자주 일어난다.

"정말이지 인간이 살아갈 수 있는 환경이 아닙니다. 하지만 정부는 아무것도 해주지 않아요."

그럴 즈음 일본에 가면 돈을 벌 수 있다는 이야기를 들었다.

"나는 그저 열심히 노력하면 그 대가를 받을 수 있는 곳에 가고 싶었을 뿐입니다. 여기서는 대학을 졸업해도, 아무리 애써도 소용이 없어요."

나이지리아 연구자로 전문대학 경제학부장인 무로이 요시오室井義雄 교수는 비아프라 젊은이들의 절망감은 심각하다고 한다.

"대학을 졸업해도 연줄이 없으면 취직할 수 없어요. 중앙정부는 주류 부족인 하우사족이 차지하고 이보족은 냉대를 받고 있지요. 그 때문에 비아프라에는 나이지리아에서 사는 것은 이제 가망이 없다고 생각해 해외로 나가려고 하는 젊은이가 많습니다."

프랑스 파리에 말리 출신자 공동체가 있는 것처럼, 영국 런던에는 나이지리아인 공동체가 있다. 거기에 들어가지 못한 사람들은 홍콩이나 일본으로 간다. 젊은이들이 고국에 절망하는 상황이 계속되는 한 아프리카 사람들은 끊임없이 해외로 도망치려 할 것이다. 그 결과 우리와 사고방식이 다른 사람들이 최근 수년간 급격히 유입되기 시작했다. '오스틴 사건'은 그런 실태를 극명하게 보여주고 있다. 아프리카 국가의 붕괴가 지금 도쿄의 신주쿠 가부키초에 영향을 주고 있는 것이다.

앞으로 어떻게 될 것인가? 오스틴의 아내는 "남편이 유흥업소를 그만두고 공장 같은 곳에서 견실하게 일을 해주었으면 좋겠다"고 호소했다. 그러나 오스틴은 "간사이關西 지방에 가서 자동차 사업을 하고 싶다"고 했다. 큰돈을 벌겠다는 꿈을 저버릴 수 없는 모양이다.

아프리카 사람들은 고국에 절망하고 오직 살기 위해 외국으로 떠난다. 국민을 그런 상황으로 내몰고 가는 것은 아프리카 정부다. 한편 그러한 나라에서도 가난한 사람들에게 생활에 활력과 의욕을 갖게 하려고 애쓰는 사람들이 있다.

제 6 장

아프리카의 피스메이커

"이번에는 칠면조를 길러보자"

국가 지도자 탓으로 무너져가는 아프리카에서 정부에 희망이
없다고 보고 스스로 생활의 향상을 꾀하려는 움직임이 아프리
카 사람들 사이에서 생겨나고 있다. 그것은 '사람들의 자립'을
목적으로 하는 활동으로 '나라의 독립'이 주제였던 1960년대
아프리카에서 일어난 활동과는 전혀 다른 것이다. 그러한 활
동을 지원하려는 지역 NGO도 생겨나고 있다.

　짐바브웨는 농업생산 시스템이 파괴되어버렸다. 그런데 짐
바브웨 남부의 가뭄 상습지대에서는 지역농업 NGO인 '지방
농촌발전협력기구ORAP(Organization of Rural Associations for

Progress)'가 주민들의 신뢰를 받고 있다. ORAP는 보츠와나 국경과 가까운 한 농촌에서 드립식drip式 관개灌漑 시설 확충에 힘쓰고 있다. 구멍을 뚫은 고무파이프를 밭에 둘러치고 드럼통 탱크에서 물을 끌어들인다. 매우 간단한 관개 시설이지만, 농작물 생산이 급속히 증가해서 경제적으로 여유가 있는 자립농민이 잇따라 생겨나고 있다.

이 활동이 시작된 것은 1997년이다. 이 지역을 담당하는 ORAP 스태프가 마을을 방문해서 장로 한 사람인 에제르 은데벨레Ezer Ndebele에게 드립식 관개에 관한 이야기를 꺼냈다. 은데벨레가 사는 촌락은 100가구 정도가 사는 마을이다. 그러나 농가는 가난하고 보수적이라 사람들은 새로운 것을 좀처럼 받아들이려고 하지 않았다. 그래서 ORAP 스태프는 마을 장로 중에서 의욕적인 사람을 택해 시범 농가를 만들기로 한 것이다. 은데벨레는 나이에 비해 마음이 젊고 진취적인 기질을 가지고 있었다.

은데벨레가 제일 먼저 만든 것은 사방 20미터쯤 되는 작은 밭이었다. 구멍을 뚫은 고무파이프를 따라 토마토와 당근과 케일 등을 심었다. 이것이 잘 자랐다. 수확기가 되자 ORAP는 중개인을 데리고 와서 작물을 사들였다. 건조한 기후라 야채가 적은 지역에서 생산된 야채는 현장에서 바로 팔려 현금 수입을 가져다 주었다. 은데벨레는 인근 땅을 개간해서 밭을 확대하고 양파와 옥수수도 재배했다.

ORAP는 다시 은데벨레에게 "그 돈으로 가축을 사서 길러보면 어떤가?" 하고 조언했다. 그러자 은데벨레는 닭을 길렀고 2년 후에는 1년에 30마리 정도 출하할 수 있게 되었다. 그는 이어서 호로새도 길렀다. 이것 역시 연간 30마리를 출하했고, 염소도 15마리 정도를 출하했다.

ORAP가 소가축 사육을 권장한 것은 빨리 자라서 손해가 난 경우라도 위험성이 적기 때문이다. 게다가 닭과 소는 달걀과 우유를 제공하므로 가뭄지대 아이들의 영양 보급에 안성맞춤인 것이다.

은데벨레의 성공을 보고 "나도 하고 싶다"는 마을 사람들의 신청이 잇따랐다. 그것이 바로 ORAP가 시범 농가를 만든 목적이었다. 좀더 많은 사람이 재배하면 농산품의 수량이 늘어난다. 농산품이 한꺼번에 많이 모이면 당연히 중개업자도 좋아할 테고, 그리 되면 ORAP가 나서지 않아도 중개업자가 정기적으로 농산품을 구입하러 올 것이다.

지금은 마을 전체가 연간 닭 800마리, 호로새 500마리, 염소 200마리, 달걀 6만 개와 대량의 야채를 출하하고 있다. 1997년 이전에는 자급이 고작이었던 마을이 지금은 우수한 농산품을 출하하는 농촌이 되었다. 마을 사람들은 양수설비를 공동으로 운영하거나 "이번에는 칠면조를 길러보자", "수박을 재배해볼까?"라는 식으로 스스로 새로운 시도를 해보는 것을 꺼리지 않는다.

"무상원조는 농민을 타락시킬 뿐이다"

ORAP는 선진국 주도가 아니라 짐바브웨 현지인들의 지역 NGO다. 1980년 독립한 해에 불라와요의 한 주부가 가뭄지대 농민의 자립을 지원하기 위해 설립한 단체로 이미 30년 가까이 활동한 이력이 있다. 현재 대표로 있는 사람은 1982년 농업부의 엘리트 관료의 지위를 버리고 이 활동에 가담했다. 지금은 최고참 멤버 중의 한 사람이다.

　"이 일대 농민들은 자신이 죽을 때까지 가난합니다. 아무리 애를 써도 거기서 벗어날 수 없다는 의식이 깊이 파고들어 있습니다. 그러므로 외부에서 원조가 시작되면 거기에 완전히 의존해버립니다. '그렇지 않다, 방법을 조금씩 바꿔서 열심히 하면 자신들의 힘만으로 충분히 부유한 생활을 할 수 있다.' 그렇게 사람들에게 호소하는 것부터 출발했습니다."

이것은 일종의 의식개혁 운동이라고 말할 수 있다. 이 활동의 근거지는 남부인 불라와요와 마스빙고를 중심으로 하는 가뭄지대다. 상근 스태프 27명과 단기계약 스태프 130명이 일하고 있고, 보츠와나 국경 근처의 마을에서 시행한 프로젝트는 짐바브웨 남부에서만 100군데가 넘는다. 그로 인해 수익을 올리는 농민은 45만 명에 이른다고 한다. ORAP의 특징은 "물건을 공짜로 주는 원조는 절대 하지 않는다"는 점에 있다. "무상 원조는 농민을 타락시킬 뿐이다"라고 대표는 말한다.

ORAP는 '노동을 위한 식량지원FFW(Food For Work)' 운동조차도 부정하고 있다. FFW는 가뭄 피해지역에서 나무심기와 도로공사 같은 공공사업을 벌이고 그 현장에 나와 일하는 사람에게는 식량을 배급하는 원조 시스템이다. 식량이 배급되기 때문에 그들은 밭을 버리지 않아도 된다. 가뭄 이재민의 난민화를 방지하는 효과가 있다고 해서 지금도 아프리카에서 활동하는 국제연합기구 등이 활용하고 있다. 그러나 ORAP 대표는 말한다.

"FFW 프로젝트를 실시하는 것은 외부 조직이지 농민이 아닙니다. 농민은 언제까지라도 원조를 받는 쪽이지 운동의 주체가 아닌 겁니다. 자신들이 운영하는 활동이 아니므로 아무래도 의존심이 높아지게 됩니다."

예전에 이 마을 근처에서 서구의 원조단체가 식량을 지원했던 적이 있다. 그것을 떠올린 마을 사람이 "그 프로젝트에서는 식량을 주었는데, ORAP는 왜 주지 않는가?"라고 불평했다. 그러자 "나중에 두고 봐라, 그 마을은 분명 다시 힘들어질 테니까!"라고 대답했다. 2년 후, 서구의 원조단체가 떠나자 그 마을은 예상한 대로 다시 힘든 상황이 되었다.

"FFW이건 뭐건 프로젝트 기간이 끝나면 그것으로 끝입니다. 그 뒤에는 아무것도 남지 않습니다. 다시 가난한 농촌으로 돌아가는 거지요. 우리가 하고 있는 일은 사람들이 의욕을 갖도록 만드는 겁니다."

마을 사람들은 스스로 생각한다

ORAP가 앞장서서 도움의 손길을 내밀지는 않는다. 마을 사람들이 스스로 어떻게 하면 좋을지 생각하고 이렇게 하고 싶다는 방침을 정하면 그때서야 움직여준다. 소를 기르고 있는 마을에서 소를 늘리고 싶으니 저수탑을 만들어주었으면 좋겠다는 요구가 있었다. ORAP 스태프가 마을로 갔지만 "저수탑을 만들려면 3만 달러가 필요하다. 그 비용을 어떻게 마련할 것인가?" 하고 문제를 제기해줄 뿐, 나머지는 마을 사람들에게 맡긴다. 마을 사람들은 스스로 지혜를 짜낼 수밖에 없다. 결국 "우유를 팔아보자"는 결정이 나왔다.

마을 근처에 장거리 버스 정류장이 있다. 아프리카 지방 농촌에서는 사람들이 제일 많이 모이는 장소로 일명 '역전 광장'이라고 할 수 있다. 버스 정류장에서 그날 아침에 짠 우유를 팔기로 했다. 그런데 예상이 적중해서 하루에 갤런통 3개가 다 팔려 50달러 가량의 현금 수입이 생겼다. 또한 주부들은 아동복을 만들어 버스 정류장에 늘어놓았다. 그것도 잘 팔렸다.

"이런 식이라면 3만 달러를 빌려도 3년 안에 갚을 수 있다."

모두 이렇게 소리를 질렀다. 그제야 겨우 ORAP 스태프가 움직이기 시작했다.

"저수탑은 보통 3만 달러가 들지만 2만 달러에 만들어주는 업자를 알고 있으니 그를 소개해주겠다."

그 후 마을 사람들은 모든 일을 자신들이 결정하고 그에 따라 행동했다.

"무상원조는 절대 안 됩니다. 힘들게 고생해서 얻은 것이어야 누구든지 소중하게 여깁니다."

자신들의 것이라는 소유의식을 ORAP는 중요하게 여긴다. ORAP는 다양한 활동을 시도해왔지만, 현재는 보츠와나 국경 근처의 마을처럼 드립식 관개 시설 확충과 소가축에 의한 '영세사업'을 추진하는 활동을 진행하고 있다. 그것은 성과가 눈에 보이고 현금 수입이라는 명확한 척도로 평가되므로, 농민들에게는 커다란 보람이고 격려가 되기 때문이다.

지역 농민들에게 'ORAP 방식'이 알려지기까지 오랜 시간이 걸렸다. 그러나 현재 ORAP는 남부 농촌에서 압도적인 지지를 받고 있다. 하지만 무가베 정권은 ORAP의 활동에 경계의 눈초리를 보내고 있고, 여러 가지 위협을 주고 있다.

"ORAP가 정부에 무릎을 꿇었다"

ORAP 스태프인 이노센트 모요는 1990년 불라와요의 농업학교를 나와 농사보급원이 되었다. 제3장에서 언급했듯이 농사보급원 제도는 독립 후 짐바브웨의 농업을 지원하는 우수한 시스템으로 아프리카 국가들 중에서 뛰어난 성과를 올리고 있었다. 따라서 농업을 희망하는 사람들에게 농사보급원은 동경의 대상이었다.

그러나 1990년대에 들어와서 짐바브웨 정부는 농사보급원을 중시하지 않았다. 소규모 농업을 육성하는 정책이 정치가나 관료들에게 이권을 가져다주지 않기 때문이다. 이노센트 모요도 1990년 이후 7년 동안 월급이 전혀 오르지 않았다. 결국 그는 인플레이션 때문에 가족을 부양할 수 없어 일을 그만둘 수밖에 없었다. 그가 택한 제2의 인생이 ORAP였다.

현재 ORAP의 상근 스태프 27명 중 12명이 농사보급원 출신이다. 월급은 100달러 정도인데, 그래도 짐바브웨에서는 나은 편이다. ORAP 대표조차 월급이 200달러 가량이다. 그들은 정부가 내팽개친 농업을 다시 한 번 부흥시키려는 꿈을 ORAP에서 실현하려고 한다.

그러나 ORAP의 활동을 보는 짐바브웨 정부의 시선은 곱지 못하다. ORAP의 본거지는 불라와요다. 불라와요는 소수 부족인 은데벨레족Ndebele族의 본거지라 야당 세력이 강하다. 그래서 ORAP가 반정부적인 정치활동을 하는 게 아닐까 하고 경계하는 것이다. 이노센트 모요가 말한다.

"ORAP는 트럭을 포함해서 120대의 차량을 이용하고 있는데, 그 120대가 언제 어디서 무엇을 하는지 정부는 경찰을 시켜 늘 감시하고 있습니다."

"새로운 프로젝트는 정부의 허가를 받아야 하는데 우리가 신청하면 용지가 없다는 둥, 신청서를 분실했다는 둥 하면서 방해 공작을 펴고 있지요."

ORAP 대표는 2006년 수도 하라레로 불려가 사업 담당자도 아닌 공공건설부 장관에게서 "ORAP 조직이 너무 커졌으니 축소하라"는 말을 들었다. 그는 무가베 대통령의 측근이었다. 정부의 그러한 방해 공작을 피하기 위해 ORAP는 창설자를 무임소장관無任所長官(정무장관)으로 입각시켰다. 그것은 반정부 활동을 하고 있지 않다는 것을 보여주기 위한 부득이한 조치였다. 그런데 그로 인해 문제가 생겼다.

ORAP의 연간예산은 1,000만 달러 정도로 전액을 해외에서 보내주는 기부로 충당하고 있다. 예전에는 영국의 빈민구호단체인 옥스팜Oxfam(Oxford Committee for Famine Relief)이 최대의 원조단체였다. 그런데 무가베 정부에 비판적인 옥스팜이 ORAP 창설자의 입각을 두고 "ORAP가 정부에 무릎을 꿇었다"면서 원조를 중지해버린 것이다.

지금은 벨기에와 북유럽 원조단체의 지원만으로 활동하고 있다. 자금 마련이 어렵지만 스태프의 노력과 국제연합기구의 협력이 있어서 그런대로 돌아가고 있다. ORAP 대표는 "사람들에게 물건을 나눠주는 원조가 아니라서 비용은 그리 들지 않아요. 사람들이 의욕을 갖게만 해주면 되니까요"라면서 웃었다.

마을 사람들의 '공동초등학교'

산유국인 나이지리아에서는 정부 지도자들의 부패가 심각하다. 석유로 벌어들이는 돈은 대부분 정부 안에서 어딘가로 사라져버린다. 정부는 지방 농촌의 사정 같은 것은 나 몰라라 한다. 교사의 월급은 체불되기 일쑤고 보건소와 진료소도 지원금이 들어오지 않는다. 2001년에 나는 남부 이바단Ibadan 지방의 한 마을을 방문했다. 마을 사람들은 돈을 모아 선생님의 월급을 지불하고 학교도 운영하고 있었다. 학교 교장은 이렇게 말했다.

"지금까지 정부를 믿고 있다가는 되는 일이 하나도 없었습니다. 우리가 할 수 있는 일부터 스스로 할 수밖에 없습니다."

예전에는 교과서와 노트와 연필 같은 학용품은 정부가 지급해주었다. 그런데 수년 전부터 전혀 지급되지 않고 있다. 그리고 지금은 교사들의 월급조차 나오지 않는다. 공립학교이므로 교사 월급과 학용품은 정부의 지원을 받을 수 있을 것이다. 그런데도 실제로 지원을 받지 못하는 것은 정부의 어딘가에서 누군가가 착복하고 있다는 이야기다.

마을 초등학교에는 6세에서 12세까지 375명의 아이가 다니고 있다. 그러나 학년에 따라 학생 수가 크게 다르다. 1학년은 106명인데 6학년은 53명, 즉 절반이다. 교장에 따르면 수업료는 공짜지만 노트 등의 학용품과 도시락은 부모가 부담해야 하는데, 그것을 부담할 수 없어서 많은 아이가 중간에 학교를 그만둔다고 한다.

"졸업 예정자인 53명 중 40명이 중학교 진학시험에 합격했지요. 그러나 그 중 몇 명이 중학교에 진학할 수 있을지……. 예년으로 보면 10명도 채 안될 겁니다.”

교장이 한숨 섞인 말을 건넸다. 국가가 아이들의 능력을 망치고 있는 것이다. 교사는 모두 10명이 있지만, 월급이 4개월째 체불되고 있다. 그래서 학부모들이 교사에게 월급을 지불하기 위해 학교운영 NGO를 결성했다.

주식인 얌의 공동정제소를 만들어 유료로 각 가정의 얌을 제분했다. 생필품인 물항아리를 만들어 길거리에서 팔았다. 그리고 주부들이 자투리 천으로 아동복을 만들어 버스 정류장에서 팔았다. 그렇게 해서 번 돈으로 교사의 월급을 지불하고 있다. 물론 그것만으로 충분하지는 않지만, 농촌지대이므로 식량은 학부모들이 대주고 교사들이 직접 뒤뜰을 경작해서 야채를 재배하고 있다. 마을의 활동을 알게 된 유니세프UNICEF가 학용품과 교육 기재를 제공해주어서 어떻게든지 운영해나가고 있다. 일본에는 ‘공동보육소’ 운동이 있지만, 나이지리아의 농촌에는 그야말로 ‘공동초등학교’가 존재하고 있었다.

나이지리아에는 전국에서 230개가 넘는 지역 NGO가 활동하고 있다. 그런 NGO 간의 연락회의도 있고 여기에는 유니세프의 스태프도 참석한다. 그는 “주민들이 의욕이 넘쳐서 지원하는 보람이 있습니다. 정부를 통한 원조보다 효율성이 훨씬 좋아요"라고 말했다.

소웨토에 생긴 레스토랑

1994년에 남아프리카공화국에는 흑인 정부가 들어섰다. 여기 서도 정부의 무능력에 실망한 사람들이 스스로 생활을 향상시키기 위한 노력을 시작했다. 요하네스버그 근교의 구 흑인 거주지 소웨토에는 지금도 굶주리는 사람이 많다. 그런데 2001년 그곳에 백인 관광객이 모여드는 레스토랑이 생겼다. 레스토랑은 흑인 중산층 주택가의 변두리에 있다. 가게 앞 도로에는 관광버스가 여러 대 주차해 있었다. 가게 안에는 10명쯤 앉을 수 있는 커다란 목제 테이블이 여러 개가 있고, 아직 12시도 안 되었는데 자리가 거의 다 찼다. 손님은 아마 50명도 넘을 것이다.

안쪽 구석에는 화덕이 늘어서 있고 그 위에 대형 냄비가 올려져 있다. 소고기, 양고기, 닭고기 등이 바글바글 끓으면서 맛있는 냄새를 풍기고 있었다. 다른 냄비에는 밥과 빵과 옥수수가루로 만든 경단이 있는데, 셀프서비스라서 손님이 원하는 만큼 가져다 먹으면 된다. 식사비는 450엔 가량이다. 나는 양고기 끓인 것을 택해 밥에 얹어 먹었다. 향료를 넣고 부드럽게 삶은 고기가 맛있어서 한 그릇을 더 먹었다.

손님의 80퍼센트가 백인이다. 서양인 관광객이 많았지만 남아프리카공화국 사람들도 있었다. 수도 프리토리아에서 왔다는 중년 여성은 오스트레일리아인 친구를 데리고 요하네스버그 호텔의 '소웨토 투어'에 참가해 이곳에 왔다고 한다.

"남아프리카공화국에서 태어난 지 50년이지만, 그동안 소웨토에 들어온 적은 한 번도 없었지요. 외국 친구들의 부탁을 받고 '소웨토 투어'를 신청했는데 이렇게 음식을 맛있게 하는 레스토랑이 있는 줄 몰랐어요."

가게 안쪽 테이블에는 한껏 차려입은 흑인들이 계속해서 건배를 하고 있었다. 결혼식이 있었던 모양이다. 사람들이 붐비자 손님들은 서로 좁혀 앉아 공간을 만들어주었다. 테이블을 둘러싸고 인종을 넘어선 대화가 시작되고 있는 것이다. 가게는 대성황이었다.

아파르트헤이트시대에 흑인들은 흑인 거주지에 갇혀 지냈다. 그리고 백인들은 그 거주지에 들어갈 수 없었다. 소웨토에는 빈곤과 범죄가 들끓었고, 백인 정부의 군대와 경찰과 흑인 주민 사이의 유혈충돌이 계속되었다. 특히 1976년의 소웨토 봉기Soweto uprising*는 전국의 흑인 거주지에 사는 사람들의 분노를 일으켜서 사망자 176명을 내고 소웨토라는 이름을 전 세계에 알렸다. 그 유명한 소웨토를 안전하게 체험하고 싶다는 관광객들의 호기심을 노린 레스토랑의 마케팅 전략이 딱 들어맞은 것이다. 종업원 중 한 사람은 "사업 노하우를 배워 소웨토의 다른 장소에 직접 레스토랑을 낼 생각입니다"라고 진지한 표정으로 말했다.

여행사를 차리다

1994년에 남아프리카공화국은 아파르트헤이트시대가 끝났지

---

* 1976년 6월 16일 남아프리카공화국 요하네스버그의 소웨토에서 흑인 학생들에게 아프리칸스어Afrikaans語를 사용하도록 강요한 백인 정권에 맞서 일으킨 항쟁이다. 아프리칸스어는 백인들의 언어로 흑인들에게는 '차별과 억압의 상징'이었다. '소웨토'라는 말은 '요하네스버그 서남쪽에 있는 타운십South Western Township'의 약자로 '겉 다르고 속 달랐던' 백인 정권의 인종차별정책을 상징한다.

만, 신정부의 흑인 고위층 대부분은 백인 고급주택가로 옮기고 소웨토는 그대로 방치되었다. 여전히 빈곤은 계속되고 있지만, 그래도 그 안에서 독자적인 자립경제가 일어서는 중이다.

1994년 이후 소웨토에서는 주택의 수요가 증가했다. 그 때문에 벽돌공장이 번성했다. 흙을 형틀에 넣어 굳힌 다음 고온에서 굽기만 하면 되는 간단한 공정이라 영세 벽돌공장이 소웨토 곳곳에서 생겨났다. 흑인 자본으로 시작한 슈퍼마켓과 승합택시 등도 성업 중이다. 이제는 옛날과 달리 그들의 노력을 헛되게 하는 차별의 벽은 존재하지 않는다. 정부의 지원만 마냥 기다리고 있을 수 없다는 사람들이 하나둘씩 자립하기 시작했다.

요하네스버그 근교에는 알렉산드리아라는 또다른 흑인 거주지가 있다. 그곳에서 이 지역의 청년이 작은 여행사를 차렸다. 그는 지역생활 개선운동에서 자원봉사자로 일하는데, 여행사는 그 운동의 일환이다.

"소웨토 이외의 흑인 거주지도 보고 싶어하는 외국인 관광객이 제법 많습니다. 지금까지는 백인이 하는 여행사에 신청해서 안내를 받았지만, 백인 스태프는 알렉산드리아에는 들어오지 않습니다. 그러니 어찌됐건 우리가 안내할 수밖에 없지요. 그렇다면 차라리 우리가 여행사를 차리자고 생각한 겁니다."

여행사는 아직 마이크로버스 1대밖에 갖고 있지 않지만, 백인들이 운영하는 여행사가 가지 않는 슬럼 안까지 안내해서 인기가 높다. 그리고 그 이익은 지역을 개선하는 활동에 쓰이고 있다.

'희망의 산'의 젊은이들

소웨토의 치아웰로Chiawelo 지구는 예전에 살인과 강도와 강간 등 흉악범죄가 자주 일어나는 지역이었다. 그런데 지금은 밤에도 혼자 다닐 수 있는 안전한 지역으로 탈바꿈했다. 이곳 젊은이들이 NGO '소웨토 희망의 산'에 참여해서 지역개선활동을 시작한 이후의 현상이다. NGO 활동은 1993년 폐품 회수업자인 만드라 몬트뢰Mandra Montreux가 시작했다. 그는 이곳 아이들을 모아 쓰레기에서 골라낸 종이를 녹여 종이인형을 만들었다. 그것을 길거리에서 팔았는데, 사람들의 반응이 좋았다.

소웨토의 빈곤 지구에서는 초등학교 3학년을 끝으로 그 절반의 아이들이 학교를 그만둔다. 아이들은 교재를 살 돈이 없거나 수업을 따라가지 못해서다. 빈곤 가정에서는 부모도 교육에 무관심해서 아이들이 학교에 가지 않아도 신경 쓰지 않는다. 학교를 그만둔 아이들은 마약에 손을 대고, 약값을 마련하기 위해 강도짓도 서슴지 않는다.

만드라 몬트뢰는 그런 아이들에게 "낮에 할 일이 있다"는 인식을 심어줄 수 있는 계기를 만들어내고자 한 것이다. 자신들의 종이인형이 팔리기 시작하자 아이들은 진지해졌다. 만드라 몬트뢰는 이어서 폐플라스틱 끈으로 모자와 바구니를 짜는 교실과 음식물 쓰레기로 비료를 만드는 교실도 열었다.

이곳 한가운데 황폐해진 작은 언덕이 있다. 밤에는 아주 캄캄해서 마약 거래의 거점이 되거나 강도가 빈발했다. 만드라 몬트뢰는 젊은이들을 다독여서 그 언덕에 나무를 심고 '희망의 산'이라는 이름을 붙였다. 그가 빈 집을 빌려 차린 사무소에 젊은이들이 드나들기 시작했다. 그리고 얼마 안 있어 젊은이 사이에서 연극과 음악 그룹이 자발적으로 생겨났고 축구팀도 만들어졌다. 그러면서 차츰차츰 청소년들의 비행이 줄어들기 시작했다.

© 월드비전

정부의 원조는 전혀 없었다. 그러나 위험한 도시가 자신들의 활동으로 크게 바뀌자, 젊은이들은 자신감을 갖기 시작했다. 그들의 꿈은 '희망의 산'을 푸르게 가꾸고 아프리카 요리가 나오는 레스토랑을 만드는 것이었다. 젊은이들은 진지한 표정으로 말했다.

"소웨토의 레스토랑 같은 가게를 열어 외국인 관광객을 끌어들이고 싶습니다. 그리고 그들에게 이곳 생활을 보여주며 소웨토의 흑인이 강도만 있는 것은 아니라는 사실을 알리겠습니다."

소년병들이 모는 바이크택시

아프리카에는 공공 교통수단이 상당히 적다. 출퇴근 지하철은 거의 없고 버스는 있지만 노선과 편수가 한없이 부족하다. 따라서 그것을 메우기 위해 승합택시가 생겨났다. 승합택시는 아프리카 어디에서나 볼 수 있는데, 케냐에서는 '마타투Matatu', 남아프리카공화국에서는 '콤비Combi', 세네갈에서는 '세트플러스Setplus(7인승)'라고 불린다.

승합택시는 11인승 마이크로버스가 주류이고 노선별로 정류장이 있다. 정류장에서는 승무원이 목적지를 큰소리로 외쳐 손님을 모으고 좌석이 꽉 차면 출발한다. 운임은 버스비의 배나 되지만, 버스가 좀처럼 오지 않고 왔다고 해도 만원일 때가 많아서 서민이 주로 의존하는 교통수단은 승합택시인 것이다. 그런데 승합택시의 문제점은 노선만 달린다는 점이다. 노선이 아닌 장소에 갈 때는 무거운 짐을 들고 있어도 정류장에서 내려 걸어가야만 한다. 게다가 좌석이 꽉 차지 않으면 출발하지 않는다는 점도 불편하다.

승합택시의 불편함을 해소하기 위해 '바이크택시'가 생겨났다. 바이크택시는 우간다와 나이지리아에서 발달했다. 바이크는 대개 중국제 125씨씨이고 시장과 교차로 부근을 돌아다니다가 손님이 있으면 뒤에 태워서 원하는 목적지까지 달린다. 바이크이므로 교통 체증과 상관이 없어 금세 출발할 수 있다. 그 속도와 편리함 때문에 운임은 승합택시보다 50퍼센트가량 비싸다.

서아프리카의 시에라리온에서는 2000년 정부와 반정부군이 정전에 합의해서 내전이 끝났다.* 그러나 10년에 걸친 내전으로 사회는 파괴되었고, 농촌과 도시 등의 지역사회도 붕괴

제6장 아프리카의 피스메이커

되었다. 납치된 소년병은 가족과 헤어져 돌아갈 집도 없었다. 명령에 의해 잔학행위에 가담한 소년병은 마을에 돌아가면 보복당할 우려도 있었다. 그러나 정부는 여전히 무능해서 이들에게 관심도 기울이지 않는다. 그들은 앞으로 어떻게 살아가야 할지 방황하며 도시로 나갔다.

시에라리온 제2의 도시 보Bo에서는 2001년 소년병들이 모여 바이크택시 사업을 시작했다. 유니세프 도쿄사무소의 전 직원이었던 사와 요시오澤良世가 그 실태를 조사해서 2007년에 〈WAR DON DON : 용서할 것과 잊을 것〉이라는 논문을 발표했다. 'WAR DON DON'은 '전쟁은 이제 지긋지긋하다'라는 의미의 현지어다.

＊ 1991년 3월 시에라리온의 장교 포다이 상코Foday Sankoh가 이끄는 혁명통일전선 RUF(Revolutionary United Front)이 모모Momoh 정권에 반기를 들면서 내전이 시작되었다. 하지만 갈수록 정권 타도보다는 다이아몬드 채굴권을 둘러싼 이권전쟁의 양상을 띠면서 내전은 그 끝을 알 수 없게 되었다. RUF는 다이아몬드를 팔아 구입한 우수한 무기로 정부군을 압박했고, 시에라리온 정부도 남아프리카공화국에서 헬리콥터와 탱크로 무장한 병력을 들여와 이에 맞섰다. 1999년 7월 평화협상이 체결되었지만, 다음해에 구속력 있는 협정을 체결하면서 무장해제를 시작하고 2002년 1월에야 사실상 내전은 종결되었다.

과거보다는 미래가 중요하다

사와 요시오의 조사에 따르면 보에는 원래 바이크택시가 없었는데, 이번 내전이 끝나고 나서 생긴 사업이라고 한다. 내전으로 버스와 승합택시 같은 공공 교통수단이 붕괴되고 또한 젊은이들도 일자리가 부족했다. 그러던 차에 2001년 소년병 4명이 모여 바이크 4대로 시작한 것이 시초였다.

그것이 3개월 후에는 50명으로 늘어났고, 2002년에는 155명이 되었다. 젊은이 4명은 '바이크택시협회'를 설립하고 운전자들을 조직화하기 시작했다. 2007년 현재 협회에 등록된 바이크는 800대이고, 운전자는 1,000명에 달한다. 바이크 1대에 운전자가 여러 명이라서 아침 7시부터 밤 12시까지 영업을 하고 있다.

바이크는 1대에 25만 엔 가량 하는데, 오너가 인접국 기니에서 융자로 구입해서 매달 4만 엔 가량씩 갚아나간다. 대개 반 년 정도면 다 갚을 수 있다고 한다. 바이크택시의 기본운임은 약 40엔이고 시내라면 어디든지 가격이 같다. 운전자는 하루 12~13시간 일하는데, 하루 수입은 약 2,000엔이다. 그 중에서 오너에게 약 1,000엔을 지불하고 그밖에 가솔린과 오일

제6장 아프리카의 피스메이커

과 고장수리비를 지불한다.

"주 6일은 오너와 연료비를 위해 일하고 일요일 수입 정도가 내 몫이 됩니다."

이런 식으로 오너와 운전자의 관계가 성립한다고 한다. 운전자가 오너에게 약 15만 엔을 지불하게 되면, 바이크가 운전자의 소유가 되는 계약도 있다. 이런 계약을 하면 운전자는 '오너가 될 수 있다'는 목표를 가질 수 있고, 오너로서는 운전자가 바이크를 소중하게 다룬다는 이점이 있다.

바이크택시 운전자의 평균 연령은 24~25세이고, 80퍼센트가 소년병 출신이다. 이들은 보 주변지역의 자경단自警團 병사였던 사람이 가장 많지만, 서로 적으로서 싸웠던 반정부군 병사와 정부군 병사 출신도 있다. 그러나 과거의 전쟁 경험은 서로 건드리지 않고 그보다도 빨리 돈을 벌어 바이크의 오너가 되거나 다른 장사를 하고 싶어하는 식으로 미래를 향해 가고 있다고 한다.

"우리가 과거를 잊을 수는 없지만, 우리에게는 미래가 더 중요합니다."

그러한 의미에서 바이크택시 사업은 화해와 통합에 크게 기여하고 있다. 사와 요시오에 따르면 바이크택시 운전자는 당초 '전쟁 귀환병'으로 경계 대상이 되었던 모양이다. 그러나 바이크택시협회가 앞장서서 병원과 시설에서 청소해주는 자원봉사를 시작하자 사람들도 조금씩 마음을 열었고, 지금은 시민의 다리로 완전히 정착했다. 최근에는 형기를 마친 수형자에게 바이크 오너를 소개해주는 활동도 시작했다.

바이크택시는 수도인 프리타운Freetown 등 4개 지역으로 확대되었고, 또한 동료 병사들을 통해서 인접국인 라이베리아에서도 시작되었다고 한다. 바이크택시협회의 회계는 상당히 주먹구구식이라 투명성과 책임경영 등 개선해야 할 점이 많다. 그러나 사와 요시오는 그 의의를 이렇게 평가했다.

"바이크택시는 과거 소년병이었던 사람들에게 안정된 일자리를 제공해주고 있습니다. 또한 시민들과 새로운 사회관계를 구축할 수 있는 환경을 만들어 내전 때의 악몽을 잊을 수 있게 해주었습니다. 그런 일을 시작한 것이 정부와 국제기구가 아니라 그들 자신이었다는 점도 의미가 있습니다."

소말릴란드의 '피스메이커'

소말리아에서는 지금도 무정부 상태가 이어지고 있다. 그러나 제2의 도시 하르게이사Hargeisa를 중심으로 하는 북부 소말릴란드Somaliland 지역에서는 주민들이 앞장서서 안전을 지켜내고 있다.

1980년대 중반부터 소말리아 각지에서 내전이 시작되었다. 소말릴란드도 예외가 아니어서 5만 명의 무장 민병이 씨족마다 대립하며 계속 충돌했다. 1991년 5월 바레 정권의 붕괴를 기화로 소말릴란드는 '소말릴란드공화국'으로 독립을 선언했다. 그러나 지역 내 분쟁은 계속되었다. 이곳에는 약 20개의 씨족이 있고 각자가 무장 민병을 끼고 이해 다툼을 벌이는 바람에 부족들은 지칠 대로 지쳐 있었다.

1993년 서부 보라마Borama 지역의 장로 한 사람이 "이제 싸움은 그만두자"고 소말릴란드의 모든 씨족 장로에게 호소하며 평화회의를 열었다. 물론 한 번에 성사된 것은 아니었다. '보라마 회의'라 불리는 장로회의는 여러 차례 열렸다. 총을 내려놓고 싶어하지 않는 자신의 씨족 민병들에게 장로들은 무기를 버리자고 끈질기게 설득했다.

국제연합개발계획UNDP이 소말릴란드의 상담을 받고 무기를 회수하기 위한 구체적인 방법을 논의하기 시작했다. 무기를 소지한 민병들을 군과 경찰에 흡수해서 재교육시킨 것이다. 군대에 1만 명, 경찰에 5,000명, 형무소 교도관에 5,000명, 나머지 3만 명은 무기를 군에 넘기고 민간인으로 돌아갔다. 이계획을 세운 UNDP 담당관은 소말릴란드의 평화는 주민들이 앞장서서 구축한 것이라며 높이 평가했다.

"그들의 평화는 국제연합 같은 외부 조직이 지도한 것이 아닙니다. 주민들은 장로제도라는 전통적인 시스템을 이용해서 자신들이 앞장서서 분쟁을 종결시켰어요. 아프리카 대륙에서는 처음 시도된 것이고 획기적인 일입니다."

UNDP는 이를 지원하기 위해 독일과 영국에서 전문가를 불러 2003년부터 총을 관리하는 훈련을 본격적으로 시작했다. 경찰본부에서는 경찰들이 그날의 근무가 끝나면 총을 반납하게 했다. 무기고에 총을 반납하고 번호표를 받는다. 다음날 아침 근무를 시작할 때 번호표를 내면 다시 총을 받을 수 있다. 군대도 같은 방식이다. 이런 식으로 하자 도시에 넘쳐나던 총이 자취를 감춰버렸다. 정부는 5만 정의 총을 완전히 통제할 수 있게 된 것이다.

소말릴란드공화국은 국제사회에서 아직 국가로서 승인받지 못했기 때문에 현재는 '자칭 국가'다.* 그러나 소말릴란드공화국 정부는 총을 회수해서 안정을 회복한 뒤에 법질서를 확립하고 교육을 확충하는 등 국가를 형성하기 위한 정책을 연이어 내놓고 있다. 소말릴란드공화국의 의회는 이원제二院制다. 하원의원은 보통선거로 선출되지만, 상원의원은 각 씨족의 장로 82명으로 구성되어 있다. 사람들은 경의를 담아 장로들을 '피스메이커'라고 부른다.

---

* 소말릴란드공화국은 미승인 국가로서는 처음으로 2010년 6월 26일 대통령 선거를 실시했다.

제 7 장

오직 사람만이 희망이다

'아웃 오브 아프리카' 브랜드

지금 아프리카 사람들은 국가에 기대지 않고 자신들의 힘으로 살아가려고 한다. 그렇다면 그것을 지원해줄 수 없을까? 실은 이미 아프리카 각지에서 그러한 움직임이 시작되고 있다. 케냐 나이로비Nairobi 국제공항의 면세점에서 '아웃 오브 아프리카' 브랜드인 마카다미아 초콜릿이 외국인 관광객들에게 인기를 끌고 있다.

초콜릿으로 감싸인 마카다미아 너트macadamia nut는 한 상자에 18개가 들어 있고 가격은 12달러다. 아프리카 물가 수준으로 보면 상당히 비싸지만, 귀국하는 관광객들은 선물용으로

5~7개를 산다. 제조사는 수도 나이로비에 본사가 있는 케냐너트이고, 사장은 일본인인 사토 요시유키佐藤芳之다.

"'아웃 오브 아프리카'라는 브랜드 이름과 디자인이 좋았던 것 같아요. 그러나 그만큼 충분한 값어치가 있어요."

1986년에 식민지시대의 케냐를 무대로 한 미국 영화 〈아웃 오브 아프리카Out of Africa〉가 상영되었다. 카렌 블릭센Karen Blixen의 동명소설을 영화화한 작품이다. 이 영화는 메릴 스트리프Meryl Streep와 로버트 레드퍼드Robert Redford의 주연으로 아프리카의 대자연을 배경으로 식민지 개척자의 이야기가 펼쳐지고 있다.

나이로비에서 이 영화를 본 사토 요시유키는 '이거다'라고 직감하고 곧바로 상표를 등록했다. 패키지 디자인은 유럽에서 모집했다. 처음부터 미국과 유럽의 관광객을 목표로 한 것이다. 마카다미아 초콜릿은 시장에 내놓자 곧바로 공항 면세점의 인기상품이 되었다.

그는 초콜릿에 이어 '벌꿀 코팅', '소금 맛 로스트' 등의 마카다미아 너트도 같은 브랜드 이름으로 상품화했다. 캐슈너트 cashew nut, 커피, 홍차도 제품화했는데, '아웃 오브 아프리카' 상품 모두 반응이 좋았다. 케냐항공은 2000년부터 기내 서비스인 믹스너트mix nut를 '아웃 오브 아프리카' 제품으로 통일했다. 영국항공도 2003년부터 런던발 400편 모두 이 상품으로 통일했다. '아웃 오브 아프리카'는 명실공히 너트업계의 세계적인 브랜드가 된 것이다. 2007년 매출액은 5,000만 달러에 이르렀다.

케냐너트는 나이로비 근교에 3개의 공장이 있고 아르바이트를 포함해서 1,500명이 일하고 있다. 게다가 국내 5군데에 있는 농장을 포함하면 총 4,000명의 종업원을 고용하고 있다. 사토 요시유키가 말했다.

"우리 종업원의 노동력은 케냐에서 최고일 겁니다."

그가 뛰어난 인재만을 채용하는 것도 아니고, 딱히 엘리트 교육을 시키는 것도 아니다.

"근로자들의 태만한 자세는 용납할 수 없습니다. 그 대신 성실하게 일하면 월급을 제때 지불하고 승급도 해줍니다."

그런 당연한 일을 사토 요시유키는 종업원들에게 계속해서 주입시키고 실행하고 있을 뿐이다. 아프리카 각지에서 자력으로 생활을 향상시키려는 민간 차원의 활동이 시작되었다는 이야기는 앞에서 언급했다. 그런 활동에 우리는 어떻게 관여할 수 있을까? 사토 요시유키의 시도는 그 물음에 대한 하나의 답을 제시하고 있는 것 같다.

연필과 마카다미아

사토 요시유키는 "열심히 일하면 지금보다 나은 생활을 할 수 있다는 희망이 사람들에게 일할 의욕을 갖게 한다는 사실을 눈에 보이는 형태로 보여주는 것이 중요합니다"고 말한다. 그들에게 무상원조는 도움이 되지 않고 자립을 방해하므로 그만두는 게 좋다. 그보다는 노력에 대한 대가를 받을 수 있는 시스템을 보장해야 한다. 그것이 그의 지론이다. 짐바브웨의 ORAP와 상통하는 점이 있는 발상이다.

사토 요시유키는 일본 미야기현宮城縣 출신이다. 도쿄외국어대학 인도네시아어과를 졸업한 후에 지인의 권유로 1964년 가나대학의 대학원으로 유학해서 경제개발학 석사학위를 받았다. 1966년 케냐로 옮겨 나이로비에 있는 일본 섬유회사의 주재원으로 일했다. 1971년 5년간의 계약이 끝나고 독립하려던 차에 마카다미아 너트를 만났다.

"처음에는 연필회사를 차리려고 했습니다. 케냐의 학교에

는 연필이 충분하지 않고 연필이라면 큰 설비투자도 필요 없으니 국내에서 충분히 생산가능하다고 생각했지요."

그리고 연필 재료가 될 목재를 찾아다닐 때 농가의 마당에서 마카다미아 거목을 발견했다. 정말이지 우연이었다. 마카다미아 너트는 하와이가 주산지다. 1950년대 영국 식민지시대에 한 영국인이 하와이에서 케냐로 들여왔는데, 1964년에 식민지 지배가 끝나는 바람에 품종 개량과 상품화가 되지 못한 채 농가의 마당에 방치된 것이다.

"마카다미아의 가공과 재배는 아직 전혀 손대지 않은 분야였지요. 그때 나는 연필보다는 이것을 해보겠다고 마음먹었습니다."

섬유회사의 주재원으로 일하면서 알게 되었던 케냐인 자산가와 손을 잡고 1973년 나이로비 교외의 티카Thika에 가공공장을 설립했다. 대지 300제곱미터(약 90평)에 세운 공장이고 종업원은 불과 6명이었다. 우선 중고 트럭을 구입해서 마카다미아가 심어져 있는 농가를 돌아다니며 집하했다. 그리고 나서 모아들인 너트를 건조시켜 알맹이를 꺼냈다. 작업은 간단했다. 일본의 메이지제과明治製菓에 샘플을 보냈으나, 혹독하게 비판을 받았다고 한다.

"국제전화로 혼이 났지요. 그들이 상자를 열어보니 나방이 나왔다고 하더군요."

너트가 충분히 건조되지 않아서 벌레가 생겨버린 것이다. 그러자 메이지제과에서 기술자를 파견해주었다. 그에게 본격적으로 건조법을 배웠다. 그러자 1975년 제품이 겨우 통과되었다. 케냐산 마카다미아 너트의 상품화 제1호였다. 이듬해인 1976년 생산은 10톤에 달했다. 공장을 확장하고 종업원을 늘렸다. 동시에 직영농장을 만들어 마카다미아 나무 재배와 품종 개량을 시작했다.

"앞으로 반드시 경쟁자가 등장할 것 같은 예감이 들었습니다. 농가와의 계약만으로는 위험하니 직영농장을 운영해서 너트 수확을 확보해야 한다고 생각했지요."

일본국제협력기구JICA(당시 국제협력사업단)의 과실나무 전문가의 지도를 받아 품종 개량법을 배웠다. 튼튼하고 병충해에 강한 묘목을 종자부터 1년 걸려 80센티미터 가량으로 키운다. 거기에다 질 좋은 열매를 맺는 '우량나무' 가지를 접목시킨다. 그것을 2년간 육성한 다음 농장에 옮겨 심는다. 그렇게 해서 이 나무가 열매 맺기까지는 다시 7년이 걸렸다.

케냐너트 소유의 농장에서는 현재 100만 그루의 마카다미아 나무가 자라고 있다. 그밖에 5만 가구의 계약농가에 묘목을 나눠주었다. 케냐너트의 마카다미아 제품 출하는 2007년에 4,500톤이 넘었다. 두 번째 기업이 1,500톤이니 단연 1위다. 더구나 2위와 3위 회사는 케냐너트에서 마카다미아 제조의 노하우를 배워 독립한 케냐인 기업이다.

지각이나 무단결근은 없다

케냐너트 종업원의 수준 높은 노동력은 케냐 경제계에서 널리 알려져 있다. 그들은 시간을 엄수하고 일처리가 빠른데다 수다를 떨거나 땡땡이를 치지 않는다. 경쟁업체에서 스카우트 제의가 있을 정도다. 그렇다고 사내에서 특별한 교육과 연수를 하는 것은 아니다.

"회사와 노동자 양측이 노동협약을 제대로 지키는 것, 내가 30년 동안 해온 일은 그것뿐입니다."

그가 회사를 차렸던 1973년에는 종업원이 6명이었다. '아웃 오브 아프리카'를 팔기 시작한 1980년대 후반부터 제품이 인기를 끌면서 종업원이 증가했다. 1990년에 노동조합을 설립했다. 한편 공장의 관리직은 공장장과 과장을 합해 11명이고 모두 케냐 사람이다. 그들은 공모로 채용한 대졸 엘리트 직원이다. 그 관리직 직원들과 노조가 협의해서 노동협약을 만들었다. 노사가 함께 만든 규칙이므로 노동조합 측도 조합원에게 준수할 것을 요청했다. 사토 요시유키는 그 협의에 참가하지 않았다. 외국인이 규칙을 강요했다는 이미지를 주고 싶지 않았기 때문이다.

노동협약 내용은 상당히 엄격하다. 예를 들면, 첫째 무단결근 3번이면 해고, 둘째 지각 3번이면 경고, 그 후에 다시 지각하면 해고, 셋째 과장이 태만하다고 판단하면 경고, 그 후에도 계속 태만하면 해고다. 그 대신 회사에도 의무가 있다. 월급날은 매달 25일이고, '반드시 그 날짜에 지불한다'.

일본에서는 월급날에 급료가 지급되는 것이 당연한 일이지만, 아프리카에서는 체불이 예삿일이다. 경영자가 종업원을 한 번 쓰고 버릴 노동력으로만 여길 뿐, 제품을 만드는 파트너라고 생각하지 않기 때문이다. 경찰과 군인과 학교 교사조차도 체불이 흔한 일이다.

"우리 회사는 30년 동안 단 한 번도 월급 체불이 없었습니다. 이것은 신뢰관계의 기초입니다."

월급은 평균보다 조금 더 받는 정도일 뿐 특별히 높은 것은 아니다. 그러나 월급 체불이 없는 케냐너트에 종업원들의 신뢰는 두텁다. 또한 "우리는 이런 우량기업에서 일하고 있다"는 종업원들의 자부심으로 이어졌다.

"내가 성실하게 일하면 회사는 그만큼의 평가를 해준다고 종업원이 믿으면 그들은 열심히 일합니다. 케냐에서는 지금까지 기업 대부분이 그렇게 해오지 않았지요."

케냐너트에는 2006~2007년 2년간 무단결근과 상습지각으로 해고된 사람은 한 명도 없었다.

"남편은 죽을 때까지 다니라고 해요"

티카 공장의 노무 계장은 32년 근속인 최고참 베테랑 여성이다.

"처음에는 열매를 선별하는 직원으로 채용되었지요. 그 당시는 정말로 작은 공장이었어요."

그녀는 공장에 근무하고 나서 농부인 남편과 결혼했다. 그러나 그녀는 일을 그만두지 않고 23세의 장녀를 시작으로 5명의 아이를 낳아 키웠다. 남편은 55세로 옥수수와 밀 외에 최근에는 소를 2마리 사서 낙농도 시작해 상당히 바쁘다. 남편이 공장을 그만두고 농사를 도우라고 하지 않느냐고 물었더니 그녀는 크게 웃었다.

"집도 짓고 소도 사준 회사입니다. 남편은 죽을 때까지 다니라고 해요."

케냐너트에는 케냐 기업으로서는 드물게 주택 융자제도가 있다. 종업원들에게 약 400만 엔까지 빌려주고 5년 안에 갚으면 된다. 지금까지 50명이 넘는 직원이 이 주택 융자제도를 이용해서 집을 마련했다. 그녀는 5년 전에 약 70만 엔을 빌려 방 3개짜리 벽돌집을 지었는데, 무척 마음에 든다고 했다.

주택 융자제도 외에도 자동차 융자제도가 있는데, 그것은 약 200만 엔까지 빌려준다. 또한 생명보험, 연금, 진료소도 있다. 이러한 제도들이 종업원들에게 커다란 격려가 되고 있다. 공장장은 "인간은 일할 의욕을 갖는 것이 중요하지요. 우리 회사에는 그것이 있습니다"라고 자랑스럽게 말했다.

그는 나이로비대학을 졸업한 후 미국의 대학에 유학해서 경영학 학위를 받았다. 케냐너트에는 1994년에 입사해서 경리과장을 거쳐 2003년 34세의 젊은 나이에 공장장으로 발탁되었다. 사토 요시유키는 그를 신뢰한다.

"그는 일을 잘합니다. 무슨 일이든지 안심하고 맡길 수 있지요."

열매를 선별하는 부서에서는 푸른 제복을 입고 마스크를 쓴 여자 종업원들이 마카다미아를 능숙하게 골라내고 있었다. 색이 변한 것과 벌레 먹은 열매가 있으면 제거한다. 초보자에게는 구분이 가지 않을 정도로 아주 작은 흠이지만 그녀들은 하나도 놓치지 않는다. 그 종업원들 사이를 하얀 옷에 하얀 모자를 쓰고 팔에 2개의 선이 들어가 있는 완장을 찬 주임인 듯한 사람이 살피고 다녔다. 주임은 노동자 중에서 관리직 부문이 선발한다. 그 위가 계장이다. 공장장은 말한다.

"회사 규율이 엄격해도 승진과 승급이 있으므로 모두 열심히 일합니다. 게다가 우리 회사 제품이 케냐에서 최고라는 것을 모두 자랑스럽게 여기지요."

"내가 없어도 잘 해나갈 수 있습니다"

케냐에서는 최근 마카다미아 너트를 매점하는 중국인 수입상의 움직임이 눈에 띄고 있다. 마카다미아의 국제적인 인지도가 높아지자 중국의 초콜릿 가공이 번성하면서 그 원료를 구입하기 위해서다. 케냐너트는 이제까지 직영농장에서 키운 묘목을 5만 가구의 계약농가에 나눠주고 재배를 위탁해왔다. 그래서 다른 곳보다 알이 크고 품질이 일정했다. 거기에 중국인 수입상이 눈을 돌린 것이다. 케냐너트의 집하 트럭보다 먼저 농가에 가서 현찰을 뿌리며 사들인 것이다.

케냐너트의 직영농장에서는 완전히 익어 막 떨어진 열매를 매일 아침 수확하라고 지도한다. 나뭇가지에 달려 있는 열매는 따지 않고 떨어진 지 한참 지난 것도 안 된다. 그런데 중국인 수입상은 그렇게 하지 않았다.

"그들은 나무 막대기로 마구 두드려 떨어뜨립니다. 우리가 집하하러 갔을 때는 이미 한 개도 남아 있지 않았어요."

1979년부터 시작한 직영농장이 지금에 와서 진가를 발휘하고 있다. 중국인 수입상도 직영농장은 손을 대지 못한다. 현재 수확 가능한 성목은 4만 그루지만, 농장에서 육성 중인 어린 나무는 100만 그루이고 매년 5만 그루씩 성목이 된다. 직영농장의 우수한 나무들과 훈련된 종업원의 엄격한 품질관리, 이 정도라면 중국인의 공세를 충분히 피할 수 있다고 생각했다.

사토 요시유키에 따르면 케냐인의 노동력 수준은 결코 낮지 않다고 한다. 케냐를 식민지화한 나라에서 제대로 된 교육과 훈련을 시키지 않아서 미흡한 점이 많지만, 그들을 훈련만 제대로 시킨다면 그들은 크게 성장할 수 있다. 다만 외국인이 무조건 노동윤리를 강요하는 것은 좋지 않다. 케냐인 관리직에 맡기는 편이 오히려 일을 원만하게 처리할 수 있다. 그러므로 무엇보다 케냐인 관리직을 키우는 것이 중요하다.

사토 요시유키는 시장을 확대하기 위해 매년 2개월 정도 구미와 일본으로 간다. 2008년에는 3월부터 5월까지 약 3개월간 미국과 일본의 거래처를 돌기 위해 케냐를 떠났다. 케냐너트에는 사장 외에 일본인 직원은 한 명도 없다. 그래도 공장은 제대로 돌아가고, 품질이 유지되며, 판매점에 제품을 보충해주는 것도 경리도 문제없이 돌아간다. 사토 요시유키는 이런 점에서 안심이 된다고 한다.

"이제 내가 없어도 충분히 잘 해나갈 수 있습니다."

사토 요시유키는 회사 운영을 케냐인 간부에게 맡기고 다른 사업을 구상하고 있다. 예를 들면 유기비료 사업이다. 열매를 따고 난 뒤 마카다미아 너트 껍질을 부수어 박테리아를 이용해 유기비료를 만드는 것이다. '보카시ボカシ'라는 일본어 이름으로 시작품試作品을 내놓아보았더니, 요즘 한창 유기산업이

성황인지라 외자계外資系* 파인애플 농장에서 거래를 문의한다고 한다.

그리고 캐슈너트는 현재도 상품화되고 있지만, 주산지는 탄자니아 등의 인도양 연안이다. 국경을 넘어 케냐 나이로비까지 수송하면 시간이 걸리고 비용도 높아진다. 따라서 산지에 공장을 만드는 것이 이상적이다. 마카다미아는 성공하기까지 40년이 걸렸다. 그러나 사토 요시유키는 다음 목표를 이렇게 이야기했다.

"이제 너트를 가공하는 노하우는 완전히 습득했지요. 캐슈는 4년 정도면 충분합니다. 그리되면 수준 높은 현지 산업을 탄자니아에도 세울 수가 있습니다."

우간다 최대의 셔츠 메이커

케냐의 서쪽에 자리 잡은 우간다에서는 가시와다 유이치柏田雄一가 경영하는 의류 메이커 '피닉스 로지스틱스'가 번창하고

---

* 외국 자본이 그 나라 기업에 진출하여 어떤 형태로든지 경영에 참여하고 있는 기업을 말한다.

있다. 종업원은 약 300명이고 2007년은 400만 달러의 외화를 벌어들였다. 우간다에서 의류 분야로서는 최대의 기업이다. 주력 제품은 2007년 2월부터 판매를 시작한 유기농 면 소재의 티셔츠, 폴로셔츠, 아동복이다. 구미를 중심으로 월 7만 장이 수출되고 있다. 가시와다 유이치는 이렇게 말했다.

"2008년에는 매출을 전년도의 3배쯤 올렸으면 합니다. 요즘 유기농 면이 성황이라서 일본의 타월업자에게서 타월천 주문도 들어오고 있습니다."

나는 수도 캄팔라Kampala 근교에 있는 공장을 사장의 안내로 둘러보았다. 넓이가 체육관 정도쯤 되는 공장에 생산 라인이 여러 개 늘어서 있다. 봉제 라인에서는 여자 종업원들이 셔츠천 칼라에 가격표를 붙이는 작업을 하고 있었다. 한 사람이 재봉틀을 멈추었다. 가격표가 조금 비뚤어졌는데 그녀는 잠깐 망설이더니 그대로 다음 공정으로 넘어갔다. 그러자 사장이 말했다.

"그럼 안 되지. 다시 해!"

종업원은 당황하며 셔츠천을 이전 공정으로 되돌렸다.

"이대로 만들면 가격표 하나 때문에 셔츠 전체가 불합격이 되고 말아. 그래서는 곤란하겠지?"

사장은 이번에는 웃으며 말했다. 그러자 종업원이 고개를 끄덕였다.

"한 번 폐쇄직전까지 몰린 회사입니다. 사람들의 신용을 얻지 못하면 다시는 재기할 수 없어요. 이 정도쯤은 괜찮다며 적당히 넘어가면 그야말로 회사는 끝장입니다."

가시와다 유이치는 부인을 지바현千葉縣에 남기고 76세에 아프리카에 홀로 와 있다. 품질관리에서 판로확대까지 그야말로 쉴 틈이 없을 정도로 바쁘다.

가시와다 유이치는 오사카 출신이다. 오사카외국어대학을 나와 야마토 셔츠(현재 야마토 인터내셔널)에 입사했다. 그는 영어가 가능해서 외국을 돌며 영업을 담당했다. 1964년 독립 직후인 우간다가 일본 종합상사 마루베니丸紅를 통해 합병의류회사 설립을 요청해왔다. 오사카만국박람회에서 야마토 셔츠를 본 우간다 관계자가 그 품질에 반했다고 한다. 사장의 명령으로 가시와다 유이치가 우간다로 가게 되었는데, 그것이 우간다와 맺은 44년 관계의 시발점이었다.

가시와다 유이치는 우간다 정부와 공동으로 합동봉제공업회사UGIL를 설립했다. 1966년 종업원 125명으로 시작한 UGIL은 '야마토'라는 브랜드 이름으로 드레스 셔츠를 생산하기 시작했다. 셔츠는 만드는 족족 팔려 첫해에 월 2만 4,000개를 판매할 정도로 기대 이상의 매출을 올렸다. 이듬해인 1967년에는 공장을 확장했고 종업원도 1,000명으로 늘었다.

그런데 1978년 '아민전쟁'이 시작되었다. 독재자 이디 아민 Idi Amin(1925~2003) 대통령의 폭정에 인접국 탄자니아가 군사 개입을 해서 일어난 전쟁이다. 가시와다 유이치는 우간다에 재류 중인 일본인들을 이끌고 육로를 통해 탄자니아로 피난을 갔다. 그리고 1979년 전쟁이 끝나자 캄팔라로 돌아왔다. 전쟁 중인 무정부 상태에서 공장은 파괴되었고, 자재와 기계는 약탈해가서 아무것도 남지 않았다. 가시와다 유이치가 사업을 포기하고 일본으로 돌아가려고 했을 때 신정부가 만류했다.

"UGIL을 재개하기 위해 300만 달러를 준비해줄 테니 다시 시작해 주십시오."

처음부터 모든 것을 다시 시작해서 1980년에 조업을 재개했다. 셔츠 생산은 다시 궤도에 올랐다. 그러나 신정부는 사회주의를 표방하고 있어서 회사를 국유화하겠다는 방침을 내놓았다. '국유화'는 정치가와 관료의 '사유화'와 같은 말이었다. 정부의 고위층은 창고에서 멋대로 제품을 꺼내가기 시작했다. 가시와다 유이치가 항의하자 신변의 위험이 뒤따랐다. 그는

1985년 휴가라면서 가족과 함께 출국해서 그대로 일본으로 돌아갔다. 야마토 셔츠는 그에게 부사장 자리를 준비해놓았다.

가시와다 유이치가 귀국한 후 UGIL의 실적은 급속히 악화되었다. 결국 1993년에는 조업이 멈추었고 공장은 폐쇄되었다. 그런데 이야기는 거기서 끝나지 않았다. 도쿄에서 제2회 아프리카개발회의TICAD가 열린 1998년, 요웨리 무세베니 Yoweri Museveni 대통령이 그에게 직접 "제발 부탁이니 돌아와 달라"고 간청했다.

그러고 나서 폐쇄되었던 공장은 경매에 붙여졌다. 입찰한 사람은 가시와다 유이치뿐이었다. 아마 대통령이 다른 업자들의 입찰을 막은 모양이다. 낙찰 가격은 50만 달러였다. 그렇게 해서 가시와다 유이치는 2000년에 우간다로 다시 돌아갔다. 이미 야마토 인터내셔널을 퇴직한 가시와다 유이치에게 이것은 70세를 눈앞에 두고 시도하는 혼자만의 도전이었다.

짝퉁 '야마토'가 생기다

예전에 UGIL은 우간다 최대의 의류 메이커였다. '야마토' 브랜드 셔츠는 우간다를 완전히 제패했다. 고급 드레스 셔츠도 야마토, 학교 교복인 흰색 와이셔츠도 야마토, 여학교의 흰색 블라우스도 야마토였다. 야마토를 모르는 우간다 사람은 없었다.

그러나 2000년, 15년 만에 우간다에 돌아온 가시와다 유이치가 본 것은 중국제 의류의 범람이었다. 수도 캄팔라의 시장에서는 '토마토'나 '야마타'라는 식으로 야마토 상표를 흉내낸 중국제 셔츠가 1달러 가량의 싼값에 팔리고 있었다. 야마토는 아무리 가격을 낮추어도 5달러는 한다.

"중국 제품은 원래 값싼데다 중국인 업자는 세관 관리에 뇌물을 써서 관세를 내지 않고 수입합니다. 야마토가 생산을 중단하지 않았다면 이 정도까지는 되지 않았겠지만, 지금 이 가격으로는 도저히 경쟁이 될 수 없었지요."

결국 국내시장은 포기할 수밖에 없었다. 그렇다면 수출밖에 길이 없는데 우간다의 특산품 중 구미에 팔릴 수 있는 것이 무엇일까 고민하다가 생각해낸 것이 유기농 면이었다. 유기농 면이란 화학비료를 3년 이상 쓰지 않고 제초제와 살충제도 전

혀 쓰지 않고 재배한 면화를 가리킨다. 우간다에서는 1980년대 네덜란드 업자의 지도로 면화의 유기재배가 시작되었고, 아토피 같은 알레르기가 거의 일어나지 않는다고 해서 유기농면은 구미지역에서 인기를 끌고 있었다.

가시와다 유이치는 유기농 면 재배농가를 등록해서 일반 면화보다 20퍼센트 비싸게 주고 사들였다. 등록농가가 급증하면서 2007년에는 1만 6,000가구가 되었다. 그는 재배농가에 다른 면화와의 교배를 방지하기 위해 유기농 면 재배밭을 울타리로 격리하는 방법을 지도했다. 또 그 면화가 실제로 유기재배인지 아닌지를 검사하는 방법도 도입해야 했다. 그렇게 해서 상품화하기까지 6년의 세월이 걸렸고, 상품 판매는 2007년 2월에 시작되었다.

현재 유기농 면 셔츠와 일반면 셔츠의 판매 비율은 3대 1인데, 이를 5대 1로 하는 것이 그의 목표다. 유기농 면 셔츠의 왼쪽 가슴께에는 날아가는 불사조인 피닉스Phoenix의 로고가 붙어 있다.

인사위원회를 만들다

피닉스 로지스틱스는 오전 8시가 되면 경비가 공장의 철문을 닫아버린다. 가시와다 유이치가 진지한 표정으로 말했다.

"오전 8시를 넘어서 출근하는 사람은 구내에 들어올 수 없다는 규정이 있어 돌려보냅니다."

우간다 사람들은 손재주가 좋고 이해력도 빠르다. 그러나 아프리카 여타 국가와 마찬가지로 시간과 약속 개념이 없다. 가시와다 유이치는 2000년에 공장을 재개했을 때 사내에 '인사위원회'를 만들었다. 인사위원회는 공장장과 과장 등 관리직 7명과 노조대표로 구성되어 있다. 그 위원회에서 출근시간을 8시 10분 전으로 정한 것이다.

"8시 근무 시작이라는 것은 8시에는 일이 시작된다는 이야기이므로 최소한 10분 전까지는 출근해서 작업 준비를 마쳐야 합니다."

사전연락이 없는 경우 교통 체증이든 발열이든 변명은 일체 통하지 않는다. 지각한 사람이 회사 간부에게 울며 매달리는 것을 보고 "너무 비인간적인 처사"라는 비난도 있었지만 인사위원회는 무시했다. 저개발국에 계속 머물러 있어도 좋다고 생각하면 시간 개념이 없어도 상관없다고 가시와다 유이치는 말한다.

"하지만 나라를 발전시켜 조금이라도 나은 생활을 하고 싶다면 그런 식으로 해서는 안 됩니다. 자신에게 관대해서는 안 되는 겁니다."

이 규정이 정착하는 데 7년이 걸렸다. 현재는 지각하는 사람이 한 명도 없다. 부득이한 사정이 있는 사람은 반드시 사전에 연락을 해준다. '청결과 정돈'도 엄격하다. 작업장 주변은 늘 정돈해두라고 철저하게 지도한다. 이것이 습관이 되기까지 반복했다.

"책상 위의 물건은 책상의 선과 직각으로 두어라."

"청결과 정돈을 철저히 하면 제품의 질이 좋아진다."

봉제 라인에서 일하는 어느 여종업원은 2004년에 입사했다. 처음에는 회사의 엄격한 규정에 엄청 놀랐지만 지금은 익숙해졌다.

"지금은 힘들다는 생각은 들지 않아요. 피닉스 로지스틱스에서 일할 수 있다는 것은 굉장히 행복한 일이니까요. 우리나라 사람은 모두 야마토를 알고 있어요. 나도 중학교 때 교복 블라우스가 야마토였어요. 모두 피닉스 로지스틱스에서 일하고 싶어하지요."

그녀는 월급 약 200달러 중에서 부모에게 20달러 가량을 보내고 있다.

"주임이 되면 월급이 오르니까 나도 열심히 해서 빨리 되고 싶어요."

일하는 보람이 있으면 일본인이든 아프리카인이든 사람들은 열심히 노력하는 법이다.

'무상원조'는 끝났다

피닉스 로지스틱스의 자본금은 50만 달러다. 그 중 10만 달러는 가시와다 유이치 개인이 냈고 나머지는 제휴하고 있는 의류 메이커 크로커다일Crocodile 등이 출자했다. 그러나 공장을 재건하려면 그 돈만으로는 한없이 부족했다. 야마토 인터내셔널을 퇴직한 가시와다 유이치에게 이제 후원자도 없다. 그러니 자금이 나올 가능성이 조금이라도 있는 곳에는 모두 머리 숙여 부탁하며 다녔다.

셔츠 사업을 재개하고 3년째인 2003년 낭보가 전해졌다. 무세베니 대통령의 요청을 받고 일본국제협력은행JBIC이 피닉스 로지스틱스에 300만 달러를 융자해주기로 한 것이다. 가시와다 유이치는 그 무렵 한창 유기농 면 개발에 나서고 있었다. 제품이 아직 완성되지 않아서 돈은 아무리 있어도 부족한 시기였다. 그런 때였으니 이젠 살았구나 싶었다. 그런데 정부계 은행이 결정한 그 융자를 일본 재무성이 중지시켰다.

"정부가 사기업을 지원하는 것은 좀 그렇지 않습니까?"

그것이 이유였다. 일본의 아프리카 정책은 뚜렷한 장기적인 비전 없이 관청마다 제각각이라서 서로 연계가 이루어지지 않고 있었다. 가시와다 유이치는 또다시 자금을 마련하기 위해 뛰어다닐 수밖에 없었다. 융자 중지가 해제된 것은 4년이 지난 2007년이었다.

"그나마 회사가 망하지 않고 잘 버티었다고 생각합니다."

가시와다 유이치가 쓴웃음을 지었다. 당시 우간다 대사였던 기쿠치 류조菊池龍三는 말한다.

"피닉스 로지스틱스는 우간다에 외자를 가져올 수 있는 극소수의 기업입니다. 더구나 종업원을 제대로 양성해서 야마토 브랜드는 전국적으로 알려져 있지요. 일본을 알리는 데 그야말로 최고의 프로젝트입니다. 우간다 대통령의 요청으로 결정한 그 융자를 재무성이 중지시키다니 말이 안 됩니다. 이래서는 아프리카개발회의를 몇 번이나 개최한다고 해도 아무 소용이 없습니다."

가시와다 유이치는 회사의 운영을 종업원들에게 좀더 맡기고 싶어한다. 그러나 현재 중국 제품과의 경쟁과 유기농 면 제품의 시장개척으로 다른 여유가 없다. 지금은 시행착오를 겪을 여유가 없는 것이다.

"우선은 회사가 수익을 내야 하므로 그 과정에서 사내 교육을 할 수밖에 없습니다. 어쨌든 지금은 계속 해나가는 것이 중요하니까요."

피닉스 로지스틱스의 가시와다 유이치와 케냐너트의 사토 요시유키는 인생 대부분을 아프리카의 사업에 걸어왔다. 현지에서 착취해서 그 이익을 일본으로 가져가는 것이 아니라, 일한다는 것에 대한 의미를 아프리카 사람들에게 가르쳐서 다 같이 발전하는 방향을 택했다. '무상원조'를 하는 것이 아니라 열심히 일하면 좀더 나은 생활을 할 수 있다는 시스템을 만들어냈다.

무상으로 원조물자를 지급해서 아프리카 각 나라의 지도자만 기쁘게 하는 게 원조가 아니다. 아프리카 사람들이 무엇을 바라고 있는지, 사람들의 생활이 향상되려면 무엇이 필요한지, 두 일본인 사장의 행보를 통해 아프리카와의 관계 방식을 찾아낼 수 있다. 그 두 사람의 회사에서는 관리직이었던 몇몇 사람이 이미 독립해서 자신의 사업을 경영하고 있다. 이 모두 회사에서 배운 성과다.

세네갈 해안에서 생굴을 판매하다

서아프리카 세네갈에서는 일본 청년해외협력대 소속 젊은이들이 현지 어민과 함께 '생굴 판매' 사업을 잘 해내고 있다. 1983년 수도 다카르Dakar에서 남쪽으로 300킬로미터 떨어진 어촌에 굴 양식을 지도하기 위해 청년해외협력대 청년이 파견되었다. 그는 해안가 맹그로브 숲의 뿌리 근처에 굴이 따닥따닥 붙어 있는 것을 발견했다. 이것이 양식이 아니라 천연산이라는 것을 알고 무척 놀랐다.

그러나 이 지역 사람들은 생굴을 먹는 습관이 없었다. 굴을 건조시켜 도시업자에게 팔지만, 건조 굴은 2,000개에 300엔 정도밖에 하지 않았다. 당연히 어민들의 생산 의욕은 낮았다.

그는 바이크에 견본 생굴을 싣고 수도까지 나가 레스토랑과 호텔에 팔러 다녔지만 별 반응이 없었다. 그때 베르데Verde곶이 머릿속에 떠올랐다.

베르데곶은 다카르 북쪽에 있는 길고 좁은 곶으로 대서양을 향해 돌출되어 있다. 그 뾰족한 끝인 알마디포인트Almadies Point는 아프리카 대륙 최서단이라서 구미 관광객이 많이 찾는다. 구미 사람들은 생굴을 먹는다. 그러니 그곳이라면 분명 장사가 될 것이다.

청년은 어민들을 설득해서 알마디포인트에 생굴 판매대를 만들었다. 곶의 뾰족한 부분 바로 옆에 함석지붕을 얹은 간단한 건물을 지은 것이다. 바닥에는 콘크리트를 깔고 카운터도 콘크리트를 발랐다. 건물 앞 공터에 테이블을 5~6개 늘어놓고 햇볕을 가리는 비치파라솔을 세웠다. 생굴 12개를 약 180엔에 팔았다.

그런데 예상이 적중해서 생굴 판매는 관광객 사이에 인기를 끌어 굴은 가져오는 족족 다 팔렸다. 굴을 건조하면 10개에 2엔에 불과하지만, 생굴은 12개에 180엔이나 한다. 그러자 어민들의 표정이 싹 바뀌더니 모두 굴을 따느라 여념이 없었다.

청년은 어민들의 열기에 힘입어 생굴어업조합을 조직했다.

알마디포인트에 활어조活魚槽를 만들고 냉장수송 시스템도 갖추었다. 조합 가입 희망자가 쇄도했고 4군데 마을 43명이 조합원이 되었다.

세네갈의 굴 시즌은 11월부터 이듬해 5월까지다. 그 7개월 동안 21만 개의 굴이 팔렸다. 가구당 현금 수입이 연간 2만 엔 가량이었던 마을에서 그 4배에 가까운 수입을 올리게 된 것이다.

내가 알마디포인트를 방문한 것은 2001년이다. 그곳은 구미 관광객으로 가득 차 있었다. 나는 겨우 빈 테이블에 앉아 굴을 주문하니 점원인 세네갈 청년이 솜씨 좋게 껍질을 벗겨주었다. 딸려 나온 레몬을 짜서 눈앞에 펼쳐진 바다를 바라보며 먹는 굴 맛은 각별했다. 일본인 관광객도 자주 온다고 한다. 판매대 주위에는 일본인 손님을 상대로 성게와 구운 새우를 파는 곳도 있었고, 그것을 사가지고 와서 테이블에서 먹을 수도 있었다. 성게는 껍질째로 12개에 100엔 정도였다.

보람만 있으면 누구라도 열심히 일한다. 다리나 병원을 '공짜로 지어주는 것'이 원조는 아니다. 의욕이 날 만한 일을 찾아내서 하도록 만드는 것이 아프리카 사람들의 자립을 지원하는 데 효과적이다. 내가 방문했던 2001년 당시에 굴 양식을 지도

하는 청년해외협력대 청년은 "우리가 없어도 이제 그들만으로 충분히 해나갈 수 있습니다"라고 말했다. 케냐너트의 사토 요시유키가 했던 말이다.

새로운 '아프리카시대'가 온다

2008년 5월 2일부터 사흘간 일본 요코하마에서 일본 정부가 주최하는 '제4회 아프리카개발회의'가 열렸다. 아프리카 40개국의 정상 앞에서 후쿠다 야스오福田康夫 수상은 "일본은 앞으로 5년 동안 아프리카의 ODA를 배로 늘리겠다"고 선언했다. 이 회의에는 아프리카의 현지 NGO 58개 단체도 참석했는데, 그들은 그 말에 쓴웃음을 지었다.

"그 거금은 누구한테로 가는 겁니까?"

"100분의 1이라도 좋으니, 우리한테도 왔으면 좋겠다."

NGO들은 영세농업 진흥, HIV 고아의 보호, 말라리아 대책, 어린이 교육 등의 활동을 하는 다양한 사람들이었다. 원래는 아프리카 정부들이 해야 할 일인데 정부가 하지 않으니 그들이 대신하고 있는 것이다. 아프리카개발은행에 따르면 아프리카의 2007년 경제성장률은 5.7퍼센트를 기록했다고 한다. 이에 일본 정부는 "아프리카의 발전이 훌륭하게 지속되고 있다"고 칭찬했다. 그러나 그것은 사실과 다르다고 NGO 멤버는 말한다.

"석유 가격이 1배럴당 15달러에서 130달러로 올랐습니다. 따라서 통계상의 숫자가 커졌을 뿐이지 아프리카 경제가 발전하고 있는 것은 아닙니다. 더구나 석유 수입은 대부분 정부 고위층들의 주머니로 들어가 버릴 뿐 우리의 생활은 여전히 가난합니다."

이제 정부에 아무것도 기대할 수 없으니 스스로 자신들의 생활을 향상시켜나갈 수밖에 없다고 회의에 참석한 NGO 대표들은 말한다.

'아프리카시대'라고 불렸던 1960년대부터 얼마 안 있으면 반세기가 된다. 남아프리카공화국의 신정부 탄생을 마지막으로 아프리카 대륙은 모두 아프리카인 수중으로 들어갔다. 식민지에서 벗어나 국가의 독립이 달성된 것이다. 하지만 아프리카는 다른 문제를 낳고 있다. '국가'는 독립했지만, 대부분 그 정부가 '국민'을 대표하지 않고 있다는 점이다. 아프리카 정부 대부분이 국민의 부를 빼앗기만 할 뿐 아무것도 해주지 않아서 국민은 여전히 가난에 허덕이며 살고 있다.

그러한 사람들 속에서 새로운 움직임이 생겨났다. 자신들의 생활을 자신의 노력으로 바꿔나가려는 움직임이다. 짐바브웨의 농업 NGO인 ORAP, 국제사회에서 아직 공인되지 않은 소말릴란드의 신정부, 시에라리온 내전 때 병사였던 사람들이 시작한 바이크택시, 세네갈의 어민들이 경영하는 아프리카 최서단의 생굴 판매점 등이 그러한 예다. '아프리카시대'에서 반세기가 지난 현재 '국가의 독립'에서 '국민의 자립'으로 나아가고 있다. 지금 아프리카에서는 새로운 활력이 생겨나고 있는 것이다.

제7장 오직 사람만이 희망이다

에필로그

짐바브웨의 대통령 선거는 그 후 어떻게 되었을까? '결선투표'는 2008년 6월 27일에 실시되었다. 제1회 투표에서 열세였던 로버트 무가베는 이를 만회하려고 온갖 수단을 다 동원했다. 그것은 다음과 같은 내용이다.

제일 앞서고 있는 야당 MDC의 모건 창기라이 후보를 노상검문을 빌미로 3번에 걸쳐 구속했다. 또한 MDC의 텐다이 비티Tendai Biti 사무국장을 국가반역죄로 체포해서 바닥에 물을 채운 독방에 감금시켰다. 아직도 그는 독방에 있으며 정신이상 증세를 보이고 있다고 한다.

또 야당의 선거집회를 로버트 무가베 지지파가 도끼를 들고 습격해서 그곳에 모인 사람들을 70명 넘게 살해했다. 그 중에는 수도 하라레의 시장 부인도 포함되어 있다. 정부는 반정부 운동을 조장할 염려가 있다면서 모든 NGO에 활동 정지를 명령했다. 그 중에는 ORAP도 포함되어 있다.

하라레의 MDC 사무소에는 정부당국의 폭력행위를 두려워한 지지자 약 50명이 피난해 와 있었는데, 경찰들이 급습해서 지지자들을 구속하고 버스에 태워 연행해갔다. 야당 지지자가 투표소에 가면 위해를 가할지도 모르는 상황이었다. 모건 창기라이 후보는 6월 22일, "유권자에게 목숨을 걸고 투표를 하라고 할 수는 없다"며 결선 투표에 나가지 않겠다고 표명하고 결선 투표의 연기에 대해서 로버트 무가베와 협의를 요구했다. 그러나 무가베 측은 이를 거부했다.

6월 23일 모건 창기라이 후보는 하라레의 네덜란드 대사관으로 피난하고 신변 보호를 요청했다. 하라레 시내에 머무는 것은 위험하다고 판단했던 것이다. 구미 각국은 짐바브웨 정부의 태도를 비난하고 폭력행위를 중지하라고 요구했다. 그러나 현지의 보도에 따르면 무가베 대통령은 "너희들 마음대로 떠들어라"라는 식으로 묵살했다고 한다.

6월 27일 짐바브웨 선거관리위원회는 "모건 창기라이 후보의 출마 사퇴는 절차가 갖추어지지 않아서 유효시간을 넘겼다"며 결선 투표를 예정대로 실시했다. 짐바브웨 선거관리위원회는 6월 29일 로버트 무가베의 대통령 당선을 발표했다. 이렇게 해서 로버트 무가베 대통령의 전제정치가 또다시 6년간 이어지게 되었다(현재 모건 창기라이는 짐바브웨의 총리다). 일본의 도야호洞爺湖에서 열린 G8 정상회담은 7월 9일 짐바브웨에 대한 비난성명을 채택했다. 그러자 로버트 무가베 대통령은 "G8은 인종차별주의자의 집합소다"라며 무시했다.

　　짐바브웨의 대통령 선거에 대해서 아프리카의 다른 나라들은 어떻게 보고 있을까? 아프리카 52개국(모로코 제외)이 참가한 아프리카연합AU(African Union)은 2008년 6월 말에 이집트에서 정상회담을 열었다. 대통령 취임식을 끝낸 로버트 무가베 대통령도 참석했다. 그러나 아프리카의 정상들 중 어느 누구도 짐바브웨의 대통령 선거에 관한 정당성을 문제 삼는 사람이 없었다. 역시 독재국가인 가봉의 오마르 봉고Omar Bongo 대통령은 "그는 대통령에 선출되어 국민 앞에서 선서했으며, 우리와 함께 이곳에 있다. 그러니 그는 대통령이다"라고 당연하다는 모습이었다고 한다(아사히신문, 2008년 7월 2일).

아프리카에는 '무가베 같은' 지도자가 상당히 많다. 그런 그들이 무가베 대통령을 비판할 리 없다. 짐바브웨 하라레의 정부기관지 〈헤럴드Herald〉에 따르면 무가베 대통령은 AU 정상회담에 출발하기 직전 "나를 비민주주의적이라고 비판하는 아프리카 대통령이 있다면, 그 대통령이 얼마나 민주주의적인지 확인해보겠다"고 말했다고 한다. 아프리카 정상들의 약점을 간파한 것이다. AU는 국제적으로 망신을 당해 권위를 잃는 결과가 되었다.

짐바브웨는 무가베 대통령이 또다시 집권할 6년 동안 완전히 파멸적인 붕괴로 갈 것인가? 아니면 뭔가 예기치 않은 변화가 일어나 다른 방향으로 움직일 것인가? 짐바브웨의 미래는 짐바브웨뿐만 아니라 아프리카 전체의 미래를 점치는 열쇠가 될 것이다.

일본에서 개최된 '제4차 아프리카개발회의'에서 일본 정부는 아프리카 53개국 중 40개국의 정상이 참석함으로써 회의가 성공적이었다고 평가했다. 그리고 향후 5년 안에 ODA를 배로 증액하겠다고 선언했다. 그러나 아프리카 정상 대부분이 자신의 배만 불린다면, 일본이 그 정상들을 상대로 해왔던 구태의연한 방식의 아프리카 외교를 계속해나가도 괜찮은 것일까?

더군다나 ODA의 대부분은 엔 차관, 즉 변제가 필요한 융자다. 지금까지 30년 동안 얼마나 많은 아프리카 정부 지도자가 원조국에서 받은 차관을 사유화해서 채무청구서가 국민의 부담으로 돌아왔는가? 이번에 원조 증액을 약속한 일본의 ODA

가 오히려 아프리카의 국민을 괴롭히는 꼴이 되지 않을까 우려된다.

아프리카개발회의는 5년마다 열린다. 전 회에 열렸던 아프리카개발회의부터 5년이 지난 현재 아프리카 최대의 문제인 '정부의 부패와 통치의 실패'가 어떻게 개선되었는지 일본 정부는 국가별로 그것을 검증하고, 경우에 따라서는 아프리카개발회의를 정부가 아닌 아프리카 사람들을 대상으로 회의를 진행해야 하는 것이 아닐까 싶다. 그렇게 하지 않으면 일본은 부패한 정상들에게 발목을 잡힌 '만만한 스폰서'가 되어버릴 것이다.

나는 2007년 12월, 40년 동안 몸담았던 아사히신문사를 퇴직했다. 그동안 신문기자로서 아프리카를 관찰한 여정을 일단락 지었다. 마침 그 무렵 이와나미신서岩波新書 편집부에서 집필을 청탁해왔다. 나는 1학기 기말 보고서가 될지 모른다고 생각해서 그 청탁을 받아들였다. 그것이 이 책이다.

앞으로는 한 사람의 저널리스트로서 아프리카를 계속해서 관찰할 생각이다. '최종 보고서'는 무리겠지만, 몇 년이 지나서 2학기 기말 보고서를 제출할 수 있다면 하고 바랄 뿐이다. 그때는 아프리카 사람들이 어떤 생활을 하고 있을까? 나는 궁금하다.

2008년 7월

마쓰모토 진이치

옮기고 나서

요즘 들어 연예인들이 아프리카에서 봉사를 하거나 아프리카의 실상을 전하며 후원을 독려하는 텔레비전 방송 프로그램을 많이 접할 수 있다. 방송에서 보여주는 것이 아프리카 상황의 극히 일부분일 텐데도 시청자들은 그 참혹한 실상에 충격을 받지 않을 수 없을 것이다.

가뭄이라는 기후적인 재앙 외에도 종족 간 분쟁, 지도자의 부패, 권력자의 이권다툼 등 아프리카 대륙이 총체적인 어려움에 직면해 있다. 그에 따라 세계 각국에서 지원과 대책 마련에 부심하고 있고, 이와 관련하여 아프리카 문제를 다룬 연구와 보고서도 잇따르고 있다.

그런 가운데 일본 아사히신문사 기자가 30년 가까이 아프리카를 취재한 경험을 토대로 아프리카 문제를 나름으로 진단해본 것이 이 책이다. 저자는 풍요로웠던 짐바브웨의 농업을 10년 만에 파멸시키고, 아파르트헤이트를 극복한 남아프리카공화국을 범죄의 온상으로 만든 사람이 누구인지, 또한 중국의 진출과 반대로 탈출하는 아프리카인의 증가 등 새로운 움직임을 좇고, 동시에 부패한 권력에 기대지 않고 자립의 길을 걷고자 고군분투해나가는 사람들의 모습을 이 책에서 전하고 있다.

아프리카 하면 가난, 질병, 가뭄, 내전 같은 이미지를 떠올릴 뿐 별다른 관심을 갖지 않았던 나 역시 이 책을 읽고 조금이나마 아프리카의 실상과 그곳에서 힘겹게 살아가는 사람들의 고통이 전이되어오는 느낌을 받았다. 그러면서 아프리카 문제는 이제는 방치될 차원이 아니라는 생각이 들었다.

이 책에서는 아프리카의 모든 나라를 다룬 것은 아니지만 여기서 대표적으로 다루고 있는 나라들의 문제는 그대로 아프리카 전체의 문제이기도 하다. 더욱이 요즘 우리나라 출판시장에서 아프리카 관련 도서가 좋은 반응을 얻고 있는 마당에

이 책은 그리 어렵지도 복잡하지도 않은 내용과 문제의식을 전하고 있어 아프리카에 대한 지식이 없는 사람에게 일독을 권하고 싶게 만든다.

나 역시 이 책을 통해 아프리카 사람들의 고통이 전해져 와 당장이라도 무언가 도움을 주고 싶은 생각이 들게 되었고, 또한 아프리카와 관련된 자료나 책을 좀더 접하고 싶은 마음까지 들었다. 이제 아프리카 문제는 아프리카만의 문제가 아닌 전 세계적 차원에서 연구가 이루어지고 대책이 마련되어야 할 시점인 것 같다. 이러한 때 이 책의 번역 출간은 시기적절하지 않나 싶다.

2010년 11월

김숙이